果断

隠蔽捜査2（いんぺいそうさ）

今野敏

1

職場變了，但生活習慣並不因此而有所改變。從警察廳（註：隸屬於國家公安委員會，管理警察制度、行政、監察等各方面事務的中央機關）長官官房（註：官房爲日本於內閣、府、省設置的機關之一，負責機密、文書、人事等事務。府省的首長爲大臣，故設置於府省的稱爲「大臣官房」；廳的首長爲長官，故設置於廳的稱爲「長官官房」。官房的概念源自於德國絕對君主制時代，君主重臣辦公的小房間）的總務課長調任到大森署擔任署長後，龍崎伸也的晨間儀式一仍舊貫。

首先喝著咖啡，瀏覽包括體育報在內的五份報紙。龍崎並不特別熱愛體育，之所以訂閱體育報，只是因為體育報偶爾會搶先一般報紙刊登八卦新聞。

妻子冴子正在準備早飯。早飯一定吃和食，即使只有味噌湯和醃菜也好，非是和食不可。這一點絕對不能妥協。

龍崎邊吃早飯邊看報。剛結婚的時候，冴子很討厭他這個習慣。但是對龍崎來說，這是必要的活動。曾幾何時，冴子似乎也死了心，不再對此埋怨。

人事異動後，最麻煩的就是搬家。原本龍崎一家住在都心的公寓，但那是提供給警察廳職員的宿舍。

警察署長必須遷入署長宿舍。龍崎和冴子都習慣搬家了。第一種考試出身的警察官員異動頻繁，有時一個職位只待上兩、三年就調走，也並不罕見。

因此不知不覺間，家中只剩下最起碼的必要物品。每一個家庭都會漸漸地累積起以前的日記、孩子小時候的相簿等紀念品。但龍崎對那類東西本來就沒有什麼執著，因此目前的生活用不上的物品，都會在每次搬家時丟掉。

相簿類全部收在紙箱裡，搬家的時候整箱搬走就行了。更正確地說，因為搬家次數太多，箱子根本就懶得拆開了。以前買的書籍等等，也一直塵封在紙箱裡。

孩子們對搬家也沒有怨言。龍崎考慮退休後要買間公寓，但是在那之前，實在無望在一個地方安定下來。

署長宿舍不是透天厝，而是公寓的一個單位。公寓頗為豪華，比他任職警察廳時的宿舍檔次高級多了。格局寬敞，結構似乎也很牢固，門當然都是自動鎖。
冴子把早餐端到餐桌上。醃菜、竹筴魚乾、味噌湯、白飯。龍崎眼睛盯著報紙，就這樣吃了起來。
長女美紀起來了。她慌慌張張地坐到餐桌旁，吃起早飯。
「別那樣毛毛躁躁的。」龍崎說。
「我快來不及了。公司說明會不能遲到。」
「那就應該早起。」
「好啦好啦……」
夏季過去，美紀的求職活動也進入佳境。今天好像也要一早拜訪好幾家公司。
美紀忽然停下手來。
「媽？你沒事吧？你的臉色好糟。」
聽到這話，龍崎驚訝地看向妻子。
確實，妻子的臉色比平常更憔悴。起床到現在已經過了很久了，他卻絲毫沒有察覺。

「胃有點不太舒服……」

「不要勉強，去躺下吧。」龍崎說。

「我躺下，誰來幫你做早飯？」

「早飯已經準備好了，所以才叫你去躺著。」

「爸，你那是什麼話？」美紀瞪龍崎。

龍崎愣住，回看女兒。

「我說錯什麼了嗎？」

「你的意思是，媽做好早飯就沒用了，所以可以去休息了？」

「如果我在你媽做飯之前就發現她不舒服，可能有別的處理方式，但事實上早飯都已經準備好了。」

「爸怎麼不早點發現嘛？」

「我在看報。」

美紀對冴子說：「媽，你真的休息一下比較好。要不要去醫院？」

「我沒事。」

龍崎說：「要去醫院的話，就去警察醫院。警察幹部家屬的隱私，必須極力避免外洩。」

美紀瞪大眼睛：「比起那種問題，更應該擔心媽的身體吧？」

「我很擔心。」龍崎看時鐘。「但你爸不是醫生，無能為力。所以只能做出應做的指示。」

「爸真的是……」

「你不是快來不及了？」

聽到龍崎的話，美紀急忙把飯扒進嘴裡，抓起包包跑向玄關。

「媽，一定要去醫院唷！我走了。」

美紀慌慌張張地出門了。

「我也要出門了。你去躺著休息吧。」

「嗯，我會的。」

「要是有什麼狀況，要立刻打電話給我。」

「我沒事的。」

妻子沒什麼精神。光是這樣，就令龍崎的心情一下子沉重起來。儘管擔心，但上班時間到了。龍崎離開宿舍。

署長室在一樓。樓層大部分都被交通課和警務課占據，最深處是署長室。龍崎所到之處，部下都站起來行禮道早，迎面而來的人必定閃開讓道。這種感覺遺忘許久了。龍崎年輕的時候，曾在群馬縣警中等規模的警察署當過署長。

通過國家公務員上級甲種（現在叫第一種）考試的人，最初會被派到各地現場進行研修，最後一關就是擔任署長。換句話說，算是一種「少主研修」。現在這種花瓶署長的人事案已經減少了，但龍崎那個年代，年輕高級事務官都一定會被派去當警察署長。儘管覺得這樣的人事安排是無謂的浪費，他卻也頗為樂在其中。

畢竟遠比自己年長的警察署幹部全都得對自己哈腰鞠躬。龍崎真心認為，也許就是這樣的經驗，塑造出高級事務官錯誤的自尊心。

龍崎今年四十六歲，累積了紮實的警察官員資歷。他認為現在的署長職位與少主研修時代不同，應該可以更有一番作為。

「這是今天的行程。」

算準龍崎換上制服的時間，齋藤治警務課長前來報告。

「行程我瞭若指掌，不必每天早上都來報告。」龍崎說。

齋藤警務課長露出困窘萬分的表情。

「呃……可是這是慣例了……署長的工作每一樣都非常重要，萬一遺漏就麻煩了……」

齋藤四十五歲，差不多與龍崎同年，階級是警部。齋藤並非第一種考試出身，因此有此成就頗不簡單。

但做為課長，或許有些不夠牢靠。齋藤有點過度在乎他人的臉色。警察署沒有「部」，署長底下是副署長，再下來就是「課」，換句話說，課長在署內擁有相當大的權限。

在乎他人臉色，也可視為能夠察言觀色。做為一手包辦署內庶務的警務課長，或許是適才適所。

龍崎看到齋藤遞過來的行程表，忍不住呻吟。

「這公園竣工典禮是什麼？」

「啊，我沒向署長報告嗎？」

「我第一次聽到。」

齋藤課長眉頭的皺紋擠得更深了。

「真是抱歉。呃，因為會有這樣的情形，所以才必須每天早上確定行程……」

「所以這是什麼活動？」

「轄區內新落成的公園要舉辦竣工典禮，區長和區議會議員也會出席，所以……」

「要剪綵嗎？」

「活動內容都交給區公所安排……」

「接下來的犯罪預防懇談會，是跟轄區內中小學教師和家長會開會對吧？」

「是的。」

「請地域課或生活安全課的課長去出席，那樣應該能進行更實質的討論。」

「當然，地域課也會派人出席。」

「那就不必我參加了吧。」

「不，站在署的立場，還是得請署長出席，強調我們對犯罪預防的重視……」

意思是必須為了警署的面子而出席。

「那，我想在事前請地域課或生安課指導一下。不了解犯罪預防措施的實際狀況，出席會議就沒有意義了。」

「不，這類實務內容，會由地域課長來說明。」

自己只要一臉蠢相地坐在那裡就行了嗎？

「我想起碼了解一下地域課長要說明的內容。」

「這部分有書面資料。」

署長室備有桌椅，供幹部開會之用。桌上是堆積如山的卷宗。

數量非比尋常。有四個塞滿了卷宗夾的公文箱，龍崎必須一一看過，批核蓋章才行。

數量一天有七、八百件。齋藤說，地域課長整理好的書面文件就夾在這堆卷宗裡。

一天八小時的上班時間內，實在不可能批核完八百件公文。那必須不看內容，直接蓋印章才有辦法。但部下卻說不必看內容沒關係，只是程序上必須有署長章，事情才能完結歸檔。

必須有負責人的章、係長章、課長章，然後是署長章。少了任何一樣，就不是有效的文件。只為了符合形式，署長必須被綁在辦公桌前，大半天都耗在蓋印章上。

龍崎深切地覺得還有其他更應該認真處理的事。但警署實務是由課的層級在處理，遇上大事，則有方面本部（註：日本各都道府縣的警察本部底下，劃分有二個以上的方面本部，負責連繫該區域內的各轄區警察署與本部，爲統籌角色。警視廳底下有十個方面本部）或本廳（註：東京都內的警察署稱警視廳爲「本廳」）來指揮。

對現場的人來說，一定很感謝這種將署長綁在辦公桌的狀況。如果辦案的大外行署長跑到現場，做出牛頭不對馬嘴的指示，會招致混亂。

龍崎不是不懂。但這樣下去絕非好事。

龍崎就任署長以後，一直留心哪些地方非改革不可。批核文件過多，就是問題之一。

「重要的事情用口頭報告。」龍崎對齊藤課長說。「只看卷宗封面，我無法判別哪些是重要的或緊急事務。」

齋藤課長支吾了一下。他似乎有什麼意見，但是在警察社會裡，課長不能違逆署長。

「我知道了。」

「這件事用署長名義通告下去，要所有的課長徹底照辦。不允許例外。若有人不聽從指示，將嚴加處分。」

「是的。」

「那麼，馬上請地域課長來說明。」

「不能在去程的車子裡說明嗎？」齋藤課長歉疚地說。「現在剛好是交班的時間……」

龍崎望向時鐘。

地域課是四班的輪班制。現在剛好是夜班與日班的交班時間。

「在車子裡報告？這個主意不錯。」龍崎說。「可以節省時間。」

齋藤課長露出鬆了一口氣的表情。

「那麼如果沒有別的事，我先告退了。」

「好，辛苦了。」

齋藤課長深深行禮，離開署長室。

龍崎把桌上的公文盒之一搬到辦公桌，開始和卷宗格鬥。他不由自主想要閱讀文件內容，但若每一份都細讀，時間再多都不夠用。

數量實在太多了，只能盡量機械性地蓋印章，否則處理不完。

現在的警察組織裡，警察署署長實際上只是個管理者，而非指揮者。因此即使成立搜查本部或特別搜查本部，警察署長雖然掛名偵查幹部之一，卻絕對不會留在小組辦公室。

因為署長必須關在署長室裡蓋印章。撇下重大案件，埋頭蓋印章，世上還有比這更荒謬的事嗎？

必須想個法子才行。龍崎想著，專心一意地蓋印章。

2

匆匆吃完午飯，繼續蓋印章。龍崎對飲食本來就不講究，把進食視為汽車補充燃油。

公務以外就不同了。龍崎也像常人一樣，想要盡情享受美食。但上班時間除了工作以外，其餘的事他漠不關心。

這天他也只在六樓的餐廳吃了一碗素蕎麥麵。

雖然花了整整一上午，卻連三分之一的卷宗都還沒處理掉。記得以前少主研修當署長時，也有許多要核批的文件，但感覺沒有多成這樣。

他覺得每當法令修正，文書作業就變多了。任職警察廳的時候，他就對文書作業厭煩不已，沒想到現在調到轄區署，狀況更是教人絕望。

必須動身前往公園竣工典禮的時間近了。

龍崎正這麼想，就有人敲門了。

是齋藤警務課長。

「署長，是該出發的時間了。」

「我知道。」

齋藤課長就要關門離去。

「啊，門開著就好。」

「不用關嗎？」齋藤課長露出訝異的表情。

「嗯，公務中沒有隱私，讓房間通風點也好。」

「哦……」

龍崎暫時把文書工作告一段落，準備出門。

他走到副署長的座位，對貝沼悅郎說：「副署長，我出門一下，署裡就交給你了。」

貝沼是警視，五十六歲。雖然比龍崎大十歲，階級卻低了兩級。他並非第一種考試出身，卻爬到警視這個地位，可以算是出人頭地了。

頭髮半白，但眼神銳利。體型偏清瘦，五官深邃，外貌可以猜出年輕時候想必是個美男子，但現在卻給人一種冥頑不靈的印象。龍崎覺得他應該是在長年的警界生涯中吃了太多苦。

「請慢走。」

貝沼副署長抬頭說，卻一笑也不笑。

副署長對龍崎頗為冷淡。也許是排斥這個第一種考試出身，而且階級是警視長的署長。

但龍崎對此絲毫不以為忤。不論對方對自己的觀感如何，只要確實做好份內工作，個人好惡一點都無所謂。

而且大致上來說，副署長總是把署長當成眼中釘的。這也是過去花瓶少主研修盛行的時代遺毒。副署長都有一種自負，認為實際統率署內的是自己、應付媒體的也是自己。確實，跑警察線的記者不會關注署長，總是追著副署長跑。

對龍崎來說，這一點很令人感激。任職警察廳的時候，他是長官官房的總務課長，一手包辦媒體公關。媒體對他的關心，絕非轄區警署所能比擬。因此他自信對媒體公關有一套，但沒必要主動出面去攬下這種麻煩事。

龍崎在齋藤警務課長目送下，坐上停車場的署長公務車。負責開車的制服員警已在車上等候著。

「你是交通課的？」龍崎問年輕的制服員警。

「是的。」

「注意安全駕駛。」

「遵命。」

車子才剛出發，就接到無線電訊息，以署外活動頻道——簡稱「署活台」的頻率呼叫各移動台。

無線電告知高輪署轄區內發生搶案。轄內一家消費者貸款公司遇搶，歹徒共有三名。

「是緊急調度。」開車的交通課職員說。

龍崎毫不猶豫。既然是緊急調度，警察署幹部就必須放下一切，返回崗位。

「立刻回去署裡。」

「可以嗎？」

「沒關係。後面交給齋藤課長處理。」

署長座車立即折返警署。

龍崎目不斜視地回到署長室，齋藤課長急忙追上來。

「怎麼了？公園的竣工典禮……」

「緊急調度令發布，對象署所有的署員都被召集了，即使是署長也不例外。你聯絡公園竣工典禮的主辦單位，說明狀況，轉達我無法出席。」

「署裡沒問題的。區長和區議員都出席了，署長最好去公園……」

「公園的竣工典禮和指揮緊急調度，你認為哪邊才是警察署長的工作？」

「呃，這……」

「我沒空跟你爭辯。立刻蒐集狀況送上來。」

「副署長已經在處理了。」

這樣會費兩次工。

「那，你叫副署長過來這裡守著。」

齋藤課長似乎放棄反駁，離開署長室。

貝沼副署長立刻過來了。

「署長找我？」

「你待在這裡，這樣可以避免報告兩次的麻煩。資訊全部集中到署長室來。」

貝沼還是老樣子，不苟言笑地點了點頭。

「那麼，我叫刑事課長也過來這裡。」

刑事課的正式名稱是刑事組織犯罪對策課，但因為太長了，向來簡稱為刑事課。

龍崎更進一步指示：「把地域課長和交通課長也叫過來。再派一名無線電人員，在這裡負責無線電聯絡。」

署長室也有無線電機，為署外活動台和區域台兩個系統，再加上電話，應該足以應付緊急調度。

緊急調度令發布時，休假中的署員也會全數被召集，全力搜捕逃亡中的嫌犯。正在處理的工作也要暫時放下，上街去抓歹徒。

地域課以自行車或徒步方式巡邏負責區域，交通課則配合需要，進行臨檢。便服刑警也都外出尋找嫌犯。

「現場在高輪署轄區是吧？」龍崎問貝沼副署長。「是在哪裡？」

「高輪三丁目。」
龍崎不知道具體地點。
「高輪署屬於第一區域。現在是第一方面本部和我們第二區域同時發布緊急調度令嗎？」
「那裡是高輪三丁目。」貝沼副署長強調說。「在這一帶的轄區，大家都習慣了。」
「什麼意思？」
「高輪三丁目在品川車站前。」
聽到這裡，龍崎總算察覺了。他有知識，但沒有真實感。品川車站位在港區，而品川車站周邊是高輪署的轄區。
粗略地說，港區、中央區、千代田區的警察署隸屬於第一區域，而品川區、大田區隸屬於第二區域。
換句話說，案子發生在第一區域與第二區域的交界處，當然會向兩個區域發布警急調度令。

龍崎告誡自己，他還不熟悉現場的感覺。貝沼副署長露出有些得意的表情，但龍崎不介意。

比起別人怎麼看自己，自己能如何改變，才是最重要的。

二名課長幾乎同時抵達。龍崎要眾人就像會開時那樣圍坐在桌旁。

龍崎問交通課長：「臨檢安排好了嗎？」

「是的。我們會先在警署前面進行臨檢。」

「警署前面？」

「是的。我們大森署就位在產業道路與第一京濱國道的分歧點，大森陸橋旁邊。只要控制住上陸橋之前的關卡，就可以省掉許多麻煩。」

「然後呢？」

「截住環七。因為歹徒有可能從環七逃往灣岸公路或首都高速灣岸線……」

「環七的反方向，也就是往目黑、世田谷的路線呢？」

交通課長支吾了一下。

「我判斷歹徒逃往那裡的可能性不大。」

「我不這麼認為。如果歹徒從第一京濱國道往這裡逃走，在環七轉彎，前往灣岸，和前往目黑及世田谷方向逃亡的可能性是五五波……」

交通課長的臉色蒼白了一些。

「我立刻派人過去。」

「還有，萬一歹徒在我們警署前面分頭逃向產業道路和第一京濱，該怎麼辦？」

「分頭……？」

「歹徒不只一個人。而且沒接到情報說他們是乘坐同一輛車子逃走的。也有可能分乘幾輛車子。」

「我明白了。我會在路口前設臨檢站。」

課長準備離開署長室。應是是要去對部下下達指示。

龍崎制止他：「用這裡的電話沒關係。每次下令都要返回部門，太浪費時間了。」

「好的。」

交通課長惶恐地拿起署長辦公桌的電話，以內線傳達指令。

這段期間貝沼副署長一直看著龍崎。龍崎注意到他的視線，但沒有理會。貝沼是否認為龍崎是個獨裁者？

也許貝沼原本擁有相當大的權力。副署長這個職位就是這麼回事。或許他覺得自己的權力被龍崎搶走了。

但龍崎不在乎這種事。即使把事情全部交給副署長，需要裁決的時候，副署長還是得向署長報告。

像這樣在署長室設小型搜查本部，更有效率多了。

「地域課那邊怎麼樣？」

「外貌服裝送來了，我們會發布下去，進行重點巡邏。」

「外貌服裝」指的是有關歹徒外表的一切資料。

「如果歹徒離開幹線道路，鑽進小巷，就輪到地域課出馬了。千萬睜大眼睛，不可遺漏。」

「是的。」
「刑事課呢？」
「我們已經召集所有的偵查車投入，也派調查員監視主要車站了。」
龍崎認為這樣處理應該就沒問題了。
各課的聯絡透過無線電報告上來，由副署長一一記錄。
也有找課長的電話。地域課長對著電話怒吼：「混帳東西！那晚點再說！現在正在緊急調度中！」
「怎麼了？」龍崎忍不住問。
「有報案說某家小餐館發生爭吵。」
「不即時處理可以嗎？」
「也只能先放著了吧。人手不足。」
「但不能置之不理。」
「這種民眾吵架，就算派人過去，絕大多數也不是什麼大事。那本來就應該是民眾要自行解決的問題……」

「但有時候會發展成傷害或殺人。」

刑警課長說：「現在全署同仁都暫時放下手頭的工作，投入緊急調度。休假中和剛下班的同仁也被召集了。吵架這點小事，可以不用管吧。」

龍崎問貝沼副署長：「你認為呢？」

貝沼副署長面無表情地應道：「這應該是署長要決定的事。」

看似在給龍崎面子，但也可以說是巧妙地迴避了問題。

「好。」龍崎說。「就照地域課長說的辦。但緊急調度解除後，一定要派人去確定狀況。」

「好的。」

接下來約一個小時後，傳來其中兩名歹徒落網的消息，緊急調度解除了。

實際上，緊急調度若超過一個小時以上，就不太有意義了。超過一小時的話，就應該視為歹徒已順利逃亡，或潛伏在某處。這時就應該思考下一步對策，比方說成立搜查本部。

隨著緊急調度解除，署長室內的緊張也放鬆下來了。署裡的作業可以恢復正常了。

不久，便收到詳細訊息。兩名搶匪在乘車逃亡時，在目黑區柿木坂附近被警方逮到了。該處是碑文谷署的轄區。

「三個裡面抓到兩個了，剩下的一個落網，也只是時間的問題了。」刑事課長表情放鬆說。

「既然在碑文谷署轄區抓到人，剩下的一個很有可能也在那一帶。」地域課長回應刑事課長。

忽然間，龍崎注意到副署長一臉凝重。但緊急調度已經解除，大森署和強盜案應該已經無關了。

龍崎決定不去理會副署長的態度。若有什麼值得擔心的問題，就應該報告上來。但副署長什麼也沒說，代表龍崎不需要放在心上。

龍崎吩咐眾課長回到各自的崗位。這時他發現交通課長的臉色也比剛才更糟，但也決定不予理會。

他問警務課長公園的竣工典禮怎麼了。

「我想祝賀餐會已經開始了，署長要出席嗎？」

「那是有二十人以上參加的自助餐會嗎？」

齊藤警務課長露出驚覺的表情。

「我去確定。」

即使是祝賀餐會，有些場合龍崎是不能參加的。因為〈國家公務員倫理規章〉規定，公務員嚴禁接受招待。

除了招待以外，饋贈或無償借貸金錢、物品、不動產自不必說，即使是自付各的，也禁止參加高爾夫球、麻將等娛樂或旅行。

餐會也在禁止之列。例外是有二十人以上參加的自助餐會。

平成十二年四月實施的這份〈國家公務員倫理規章〉引來當事人極大的反彈。他們群起抗議：國家公務員連常識範圍內的交際應酬都不行嗎？

但龍崎認為這份規章天經地義。公務員不需要透過聚餐或打高爾夫球與相關團體建立交情，也不需要透過這類手段來獲取資訊。

有些警察官員說，不了解社會現況，就沒辦法做出正確的指示，但站在龍崎的立場，他認為那種水準的人不應該擔任警察官員，一輩子待在現場就夠了。

龍崎深信，國家公務員應該做的，不是遷就現況做出判斷，而是該推動現況，使其貼近理想。因此菁英需要堅若磐石的判斷力。不需要與世浮沉、同流合污。指揮官需要的，是合理的判斷。

齋藤警務課長回來了。

「是在包廂聚餐。」

「那我不能參加。接下來的行程是和中小學教師及家長會進行犯罪預防懇談會對吧？」龍崎看看時鐘。「三十分鐘後出發。」

「好的。」

齋藤警務課長離開署長室後，龍崎繼續進行空虛的蓋印章作業。

這時副署長帶著交通課長現身了。

「怎麼了？」

「關於剛才的強盜犯……」

「剩下的一個落網了嗎？」

「不是的……」

「那是怎麼了？」

「查到歹徒逃亡的途徑了。歹徒經過我們署的轄區。似乎就如同署長預測的，他們從第一京濱進入環七，往目黑方向逃亡。」

交通課長突然深深行禮。

「非常抱歉！」

龍崎一頭霧水。

「所以到底是怎麼了？」

「換句話說，兩名歹徒完全突破了我們署的攔截網。身為轄區署，必須有受到嚴懲的心理準備。」

「太荒唐了。」龍崎大吃一驚。「都抓到兩名歹徒了，哪裡有懲罰的必要？」

「此外……」貝沼副署長表情僵硬地繼續說。「抓到兩名歹徒的，是本廳的機動搜查隊。他們守在環七，以預防歹徒突破第一、第二區域的緊急調度。結果真的被機動搜查隊料中了。」

「那不就好了嗎？」

貝沼副署長和交通課長一臉怔愣地看龍崎。那眼神就像看見無法理解的外星人。

交通課長忽然回神似地說：「坦白說，我們沒能遵守署長的指示。署長指示在環七的目黑、世田谷方向安排臨檢，但是沒能來得及……」

「太可惜了。如果來得及，或許可以在我們署附近抓到人。」

「問題……」貝沼副署長說。「問題就出在這裡。」

「確實，兩名歹徒經過我們署附近，這或許是個問題。但機動搜查隊守在前方攔截，抓到歹徒了不是嗎？既然這樣，就沒必要計較了。」

交通課長又嘴巴半張，目不轉睛地盯著龍崎。那表情就像聽到什麼不可置信的話。

貝沼副署長說：「方面本部的管理官應該會來罵人。」

這次輪到龍崎露出匪夷所思的表情。

「為什麼？」

「因為顏面掃地。」

龍崎忍不住皺眉。

「太可笑了。」

「抓到歹徒的是本廳的調查員，這一點應該會火上加油。」

「要是方面本部的管理官來了，叫他不要搞這種無聊的事，快點抓到剩下的那名逃犯才是正經。」

「這怎麼可能？」貝沼副署長的眼神就像在懷疑龍崎的理智。「沒有人敢對管理官說這種話。」

「為什麼？為了面子跑來轄區署開罵，根本是浪費時間，而且毫無意義。指出這一點有什麼不對？」

副署長啞口無言，呆在原地。

在警察廳任職時，龍崎也好幾次引來同事相同的眼神。

是看怪人的眼神。

交通課長提心吊膽地說：「我還以為會被署長痛罵一頓……」

「我有那種空閒，倒不如多蓋幾個印章。好了，別操那種多餘的心，快點回去崗位吧。」

交通課長露出鬆口氣的表情，貝沼副署長則是一臉落空，離開辦公室。

「啊，門不用關。」

龍崎說，又拿起印章。

3

「這樣的危險犯罪接二連三，身為家長，怎麼能安心讓孩子上學？」

擔任家長會幹部的約三十五歲男子說。他穿著牛仔褲和運動夾克，頭髮有些長，留著小鬍子。

龍崎想，能在這種時間參加這種活動，應該不是一般上班族。

龍崎和地域課長一起參加犯罪預防懇談會。這是利用區內機關會議室舉行的小型會議，出席者有四名家長會幹部、五名國中小學教師，由兩名區公所職員主持會議。

「隨機砍人事件層出不窮，對小女孩下手的性犯罪也不絕於後。警察必須更認真一點維護治安……」

地域課長點頭回答：「關於這一點我們也深感憂慮。學校和家長要求加強巡邏通學路線，這一點我們會充分研究。」

「也發生過可疑人士入侵校園的事件。」

家長會幹部的婦人說。年紀一樣約三十五到四十，頭髮染成栗色，戴著無框眼鏡，感覺很神經質。

龍崎悄悄給她取了個螳螂女士的綽號。

螳螂女士繼續說：「到底哪裡是可以安心的呢？維護治安，不是警察的工作嗎？」

「這一點我們也非常了解。」

中小學教師幾乎沒有發言，看起來都在期待這場會議快點結束。

「班級崩壞的問題也非常嚴重。」家長會的小鬍子男說。「聽說某所小學的班上完全無法上課，好像還有小學生毆打老師的情形。我們認為有些教師似乎無法勝任教職，各位認為呢？」

矛頭指向學校，地域課長露出鬆口氣的表情。

教師們悄聲商量起來。穿深藍色背心、感覺很樸素的中年教師代表回答。他自稱某校副校長。

「近年來，這類問題確實日益增加。但我們也以複數導師制來應變。行為有偏差的學生，我們會暫時與其他學生隔離開來，設法先恢復教室內的秩序。」

螳螂女士露出懷疑的眼神。

「這有效果嗎？」

深藍色西裝教師回答：「我們相信必定會有成效。學校正在付出全力恢復秩序。比起教室秩序，我想更重要的還是學童的安全問題……學童在校期間，我們關閉大門，避免可疑人士侵入，並設置監視器，但除非警方協助，否則學校無法處理這類問題。」

一個穿西裝沒打領帶的四十歲左右家長發言：「以前的校園更要開放多了……」

螳螂女士回應說：「果然還是因為治安惡化……」

「到處都是莫名其妙的隨機砍人事件……」其他家長會成員發言說。

「警察有義務保護市民的安全對吧？就不能增加巡邏、把可疑人士都抓起來嗎？」

矛頭又回到警察身上了。

地域課長沒自信地回答：「我們已針對了學區加強巡邏。」

小鬍子男對龍崎說：「我們也想聽聽署長的意見。署長對社區安全有什麼看法？」

所有的人都望向龍崎。

「警方會盡最大的努力。像是強化巡邏學區、加強盤問可疑人士、重新調查居民犯罪前科等等……」

深藍色西裝教師對龍崎說：「警方必須設法和學校合作才行。像是如果有可疑人士入侵校園，警方必須能立刻趕到……」

龍崎點點頭。

「我們會盡可能配合。這一點我可以保證。好了，警方可以為各位付出的事，地域課長和我都已經說明清楚了。那麼，各位可以為警方做什麼呢？」

眾人都露出驚訝的表情。龍崎感到地域課長赫然望向自己，但他不予理會。

小鬍子家長說：「我不明白署長這話的意思……」

那不是不明白的口氣，而是明明知道，卻不想承認。

「依據這世上的原理原則，不能只是單方面提出要求吧？權利總是伴隨著義務。我認為既然提出要求，當然就必須負起某些責任。」

龍崎感覺地域課長一臉驚愕地看著自己。

「逮捕罪犯、預防犯罪於未然，這不是警方的工作嗎？」穿西裝不打領帶的家長說。「不能盡到這些責任，就是失職。」

「當然就像您說的，逮捕罪犯、預防犯罪是警方的工作，但這並非全部。這只是警方工作的一小部分而已。警方的工作比起各位所想的更要五花八門。」

歷史上，警察是為了鞏固權力而存在的。現在日本雖然標榜民主警察，但短短六十年前，還有特別高等警察——所謂的「特高」，為了維護以天皇為中心的政權，大肆逮捕思想犯。換句話說，負責打壓言論自由。

此外，六〇年代的安保鬥爭（註：反對日美安全保障條約而掀起的反對運動。分別於一九五九至六〇年、一九七〇年，有兩次大規模的反政府、反美抗爭）、七〇年代的安保鬥爭、學生鬥爭、三里塚鬥爭（註：一九六八年起，千葉縣三里塚等地農民所發起的反對新東京國際機場〔現今成田國際機場〕建設的抗爭運動）等等，這些民眾運動及左翼活動，都被警方一一鎮壓了。

古今東西，警察的本質就是如此。偵查犯罪、預防犯罪，都只不過是附帶的任務罷了。

只要是警察官員，每個人都有這樣的認知。但龍崎非常清楚，在這種場合說明這一點也毫無助益。

「可是警方領的是人民的納稅錢，為納稅人工作，不是天經地義的事嗎？」螳螂女士說。

「繳稅是憲法規定的國民義務。我們從稅金與國債等政府歲收中分得預算，執行勤務，而非直接從你們手中領到薪水。如果警方必須為納稅人工作，那麼我們就必須提供更多、更好的服務給高額納稅人才行了。」

螳螂女士露出不甘心的表情，卻無話反駁。

聽到拿稅金工作這種說法，幾名教師露出不悅的表情。他們是公立學校教師，這是當然的。

小鬍子家長又以挑戰的語氣說：「那你說，我們要為警察做什麼？」

「各位知道家訪紀錄表嗎？」

「什麼……？」

「家訪是地域課的重要勤務之一。員警會拜訪各家各戶，宣傳預防犯罪守則等等。家訪的時候，會請住戶填寫住址和家中成員等資料。光是在地域課的員警拜訪時配合填寫，對警方就有極大的助益。」

「這是侵犯人民的隱私吧？」

「我認為時代已經來到了做出選擇的分水嶺。」

「做出選擇的分水嶺……？」

不只是小鬍子家長，其他家長會成員和教師都露出訝異的表情看龍崎。

「沒錯，選擇各位所說的隱私，或是治安。」

「隱私跟治安哪有關係？」小鬍子家長說。

龍崎搖搖頭。

「不，絕非無關。各位，你們說孩子在通學途中曝露在危險當中，連在學校也無法安心。你們擔心可能有可疑人士在街上遊蕩，還擔心班級崩壞的問題。但是，這一切都是日本人理想的生活成真之後伴隨而來的結果。」

出席者似乎皆不明白龍崎的意思。

螳螂女士一臉訝異地說：「你在胡說八道些什麼……？誰想要這樣的世

界啊？」

「不，毫無疑問，現今的社會就是過去日本人的理想。戰後復興一直是日本人的夙願。各位從懂事的時候開始，家裡應該就有電視。但昭和三〇（一九五五）年代初期，電視只有少數家庭才有，甚至沒有冰箱和瓦斯爐。在東京奧運推波助瀾下，電視機逐漸普及，昭和四〇年代，人民所得翻倍。各位知道當時的3C指的是什麼嗎？彩色電視機、冷氣機，還有自用轎車。擁有這三樣產品的中產階級家庭，就是如同美國電視劇裡的家庭。這就是日本人所追求的目標。如今，這個願望成真了。生活變得富裕以後，人們也開始追求自由。在從前，三代同堂住在狹小的房屋裡，是天經地義的事。當然，那時候的環境不容許小孩子擁有自己的房間。然而以戰後嬰兒潮世代為中心，家庭逐漸核心化，人們渴望脫離大家庭，得到自由。現代，只有親子兩代住在集合住宅的生活方式變得普遍，小孩子也都有了自己的房間。大家還記得『新家庭』這個口號吧？日本人得到了富裕且自由的生活。」

小鬍子家長露出沉思的表情。

「確實如此，但這跟犯罪有什麼關係？」

「人們脫離了村落社會，得到了自由。所謂的村落社會，是居民與居民關係緊密的社會。就是因為厭惡這一點，都市人想要擺脫那樣的緊密關係。還有教育的自由。一九六〇年代後半，年輕人逐一摧毀既有的權威，將教師在校園裡的權威也瓦解了。我們小時候經常挨老師打，但是現在在學校，體罰是眾所髮指的惡行。孩子從學校的權威獲得解放了。此外，生活也變得富足，孩子們都有了自己的房間，並從家人的管束中得到了自由。因為在孩子的日常生活中，家人是相當煩人的存在。沒錯，富足且自由的社會。現代社會，是從前的日本人心目中理想的社會。這樣的社會成真以後，帶來了什麼……？那就是社區的崩壞，以及教室秩序的崩壞。」

會議出席者全都沉默了。即使想要反駁，似乎也找不到施力點。

龍崎淡淡地繼續說下去。

「在從前，家家戶戶三代同堂，也很重視社區之間的人際交往。扛起這些交際活動的泰半是老人家。老人之間形成人際網路，並與家庭分享透過這個網路得到的訊息。老人與小孩都會參與家庭這個社群。透過分享這些訊息，自然就會知道哪些人可疑、哪些人需要注意。學童的通學路線就在社區之中，大人的目光隨時守護著孩童。但得到富足與自由之後，我們付出的代價是社區的崩壞。因為大家都懶得跟街坊鄰居打交道，所以日本人一直想要擺脫它。結果就是都市化。以前的人是可以隨便從庭院走進家裡來，坐在簷廊喝茶聊天的。這種生活方式或許沒有各位所說的隱私可言，但是很顯然地，當時的治安也比現在更好。各位不這麼認為嗎？」

好半晌之間，無人答腔。

「這……」穿西裝不打領帶的家長會幹部開口。「事到如今說這些又有何用？我們沒辦法讓時代倒轉啊。」

「沒必要讓時代倒轉，也沒有人這麼希望。清潔的沖水馬桶、自用轎車、空調，應該沒有人想要過著沒有這些的生活。現在的家庭每個房間都有一台電視，沒必要與家人搶奪遙控器了。小孩子都關在自己的房間裡，沒必要跟煩人的家人說話了。但請各位想想看，搶奪遙控器，其實也是一種家人之間的交流。」

「這我們不是不懂……」

「班級崩壞的原因之一，是小孩子再也不知道忍耐了。現代的小孩無法忍耐的程度令人驚訝。因為他們從小就不需要忍耐。想要的東西，自己的房間裡都有。在學校，如果被老師體罰，家長就會幫忙抗議。他們的成長過程太過順遂，從來沒有遭遇過挫折。各位不這麼認為嗎？」

家長會陣營忽然消沉下去。教師們露出耀武揚威的表情。

「我認為署長說的沒錯。」疑似管理職的深藍色西裝教師乘勝追擊。「很多家長期待學校管教學生，但管教並不是學校的責任，而是家庭的責任。」

「據說最近的老師都要看學生的臉色。」龍崎說。「我聽說學生背後有家長會，所以很多老師因為怕麻煩，採取息事寧人主義。這樣是不可能辦好教育的。」

眾教師吃驚地看向龍崎。

龍崎接著說：「教育的基本是嚴格指導。有時候或許也需要體罰。但懲罰的時候，必須是有自信的懲罰。不管家長說什麼，都確信這是為了孩子好，而做出懲罰。但第一線的教師是否放棄了這樣的努力？」

副校長把話嚥了回去。

「署長對教育和學習有一套很有趣的見解呢。」螳螂女士用有些嘲諷的語氣說。「想必您對這次的議題也有深入的研究吧？」

「是的。」

「恕我冒昧，請問您是哪一所大學畢業的？」

「東大法律系。」

螳螂女士瞪圓了眼睛。

這句話不管是對家長還是教師都威力十足。龍崎慢慢地掃視與會者。

再也沒有人敢反駁了。

「各位知道自己的鄰居從事什麼職業嗎？家庭成員有哪些人？再過去的左鄰右舍呢？平常會和街坊聊天嗎？」

沒有人回答。

「各位會和自己的孩子聊天嗎？會聊孩子在上學或放學途中看到什麼、跟誰在一起嗎？其實光是了解這些，對預防犯罪就有很大的助益。有危險就要避開，有可疑人物，就整個社區一起小心留意。這就是居民能為警方做到的事。」

懇談會的出席者，包括區公所職員，全都露出驚訝的表情。

時間到了，懇談會結束。接下來準備換另一個地點繼續進行懇親會，但怎麼想都不符合有二十人以上參加的自助餐會，因此龍崎說明理由，禮貌地婉拒了。

回程車中，地域課長說：「啊，我真是冷汗直淌。」

龍崎不明所以，問道：「為什麼會淌冷汗？」

「因為署長居然對家長會那些囉唆的家長毫不顧忌地說那種話……」

「他們問我意見，所以我陳述自己的意見，如此罷了。」

「但說話還是要看對象……」

「為什麼？」

「家長會和教職員算是社區的意見領袖，要是與他們為敵，往後辦起事來就麻煩了。」

「我並沒有與他們為敵。如果他們有不同的意見，大可以當場反駁。」

「呃……唔，道理上是這樣啦……」

龍崎覺得厭煩。除了道理以外，還有什麼可說的？只要合乎道理不就好了嗎？

「我什麼地方做錯了嗎？」

地域課長想了一下。

「不，署長替我們地域課說出了心聲。」

「那就好了啊。」

這件事就到此為止。

回到署長室時，已經快五點了。雖然就快下班時間了，但必須核批的公文還有一半以上沒弄完。

任職警察廳的時候，加班是理所當然，不能回家也是家常便飯了。只要是中央機關的高級官員，無一例外。

但警察署長加班就值得商榷了。龍崎自己是無所謂，但署長不回家，課長們也不敢回家。他要下屬毋需顧慮，得到的回答卻是「這是慣例」。

他認為這個慣例總有一天也必須改革。想早點下班的人就下班，可以休假的人就休假。最困擾的是碰上緊急狀況，人卻累得派不上用場。

此時署長室外傳來大嗓門聲。

他抬頭看是什麼事，只見一名陌生男子正大剌剌地闖了進來。背後跟著貝沼副署長。

副署長的表情一反平常，十分緊張。

龍崎停手訝異出了什麼事，注視著闖進辦公室的男子。

男子頂著一絲不苟到近乎神經質的油頭，服裝也無可挑剔，穿著深藍色西裝，打一條深紅色領帶，整整齊齊，彷彿用尺比對過。

深藍色西裝配深紅色領帶，標準規格般的搭配，龍崎想。

年紀約五十開外。體型維持得還不錯，也許富有節制力。眼神銳利。不過只要待在警界，每個人或多或少眼神都會變得淩厲。

那名男子劈頭就朝龍崎大吼：「這下子丟臉丟大了，你懂不懂？」

龍崎莫名其妙，默默地回視男子。

「看到我還不起立？」

「為什麼？」龍崎反射性地問。

貝沼副署長站在男子斜後方報告：「這位是第二方面本部的野間崎管理官。」

那麼，是方面本部的管理官真的跑來罵人了？龍崎啞口無言。

總是說什麼警察的第一線忙得不可開交，結果卻把時間浪費在這種地方？光是方面本部的管理官親臨轄區警署，就是浪費勞力。而且不只是這樣而已。

慣例上，轄區所有的警官、職員，都必須停下工作，起立迎接管理官才行。光是方面本部的管理官來露臉，該警署的工作就會完全停擺。這也是人力的浪費。

龍崎繼續蓋印章。有事情邊蓋印章也能邊談。

「有何貴幹……？」

他聽見貝沼副署長微微倒抽了一口氣。應該是從來沒有署長敢用這種態度對待方面本部的管理官吧。

但龍崎沒空浪費時間應付他。

對方一語不發，因此龍崎抬起頭來。

野間崎管理官漲紅了臉，嘴唇顫抖。似乎是氣憤過度，連話都說不出來了。

「您在激動什麼？」龍崎問。

野間崎管理官再次怒吼。

「少明知故問！高輪的強盜犯！他們從大森署的眼皮底下溜了！為什麼沒抓到人！」

「緊急調度不可能百分之百有效。但三名歹徒之中，有兩名落網了不是嗎？這樣不就好了？」

「小子……！你就是這種吊兒郎當的態度，才會讓嫌犯跑了！」

龍崎繼續蓋印章說：「有空來這裡罵人，努力追捕尚未落網的歹徒是不是比較好？」

他察覺野間崎管理官往前走近一步。

「我叫你起立！」

「如你所見，我正忙著辦公，時間再多都不夠用。你也是吧？」

「把全體署員集合到禮堂！」

龍崎嚇了一跳，看向野間崎管理官。

「為什麼？」

「包括你在內，我要好好鞭策這個鬆懈到極點的大森署！」

原來這就是第一線的真實情況？

龍崎真想嘆息。不管警察廳再怎麼絞盡腦汁提出改善方法，也一定會在某個層級遭到架空、扭曲。

都是因為居間的管理職這種官僚主義和過度的精神主義壞事。不能在這種時候對它屈服。

「沒必要集合署員。我是大森署的代表，有何指教，對我說就是了。」

「看到你那副態度，我就知道你這種人沒屁用！」野間崎管理管轉頭對貝沼副署長說：「叫署員到禮堂集合，立刻！」

貝沼副署緊張萬分地看龍崎。

龍崎斬釘截鐵地說：「沒這個必要。」

貝沼副署長成了夾心餅。

龍崎對野間崎管理官說：「好吧。沒能逮捕通過我們警署前方的嫌犯，或許是我們的疏失。關於這一點，我們會反省。但這並不是什麼需要管理官親自前來訓斥的大事，不是嗎？」

「逮到嫌犯的是本廳的機搜，方面本部的面子都被你們丟光了！」

「不管是誰抓到的，不都一樣嗎？」

「我叫你把署員集合到禮堂！」

龍崎終於丟下印章。他奉陪不下去了，決定趕人。

龍崎拿起電話，打到本廳。

「請接伊丹刑事部長……我是大森署的龍崎。」

野間崎管理官臉上的怒意頓時煙消霧散，詫異地看著龍崎。說到刑事部長，對方面本部管理官來說，是高不可攀的存在。

電話還在保留。

「掛掉！」野間崎管理官低吼說。「刑事部長？憑你區區轄區小署長，居然敢直接打電話找刑事部長？」

野間崎是管理官，因此階級應該是警視。警視是非第一種考試出身者能爬到的最高階級。而刑事部長伊丹俊太郎是第一種考試出身，階級是警視長，比野間崎高了兩階，但這兩階的差距，是天差地遠。

電話總算接通了。

「喂？龍崎嗎？最近怎麼樣？」

「轄區雜事太多了。現在又碰到麻煩了。」

野間崎匪夷所思地看著龍崎。他不敢相信龍崎居然能語氣親密地和伊丹刑事部長交談。

伊丹俊太郎和龍崎是同期進入警察廳的，龍崎的階級也是警視長。他受到家人犯錯牽累，遭到降級，才會被調至轄區。

「麻煩？」伊丹刑事部長說。「出了什麼事？」

「剛才發布了緊急調度令。」

「哦，你說高輪的搶案？」

「歹徒好像經過我們轄區，結果是機搜在碑文谷署的轄區內逮到人，但第二方面本部的管理官認為這有失面子，跑來罵人了。」

「嗳，常有的事，隨便把他打發走吧。」

「他叫我把所有的署員集合到禮堂。我根本沒空搞那些。喂，你欠我一份情吧？」

野間崎露出驚愕的表情。

龍崎居然對著伊丹說「喂」，把他嚇壞了。伊丹和龍崎不只是同期而已，其實他們小學的時候是同班同學。伊丹好像完全忘了，但龍崎曾經遭到他霸凌，現在仍對這件事懷恨在心。

此外，先前發生過一起現職警察殺人案，當時是龍崎把伊丹救出危機的。

「是啊，我沒辦法對你說不。」

「可以替我請這位管理官打道回府嗎？」

「喂，龍崎，那可不是我的職責。」

「你欠我人情吧？」

龍崎把話筒遞給野間崎管理官。野間崎管理官猶豫起來。

「伊丹刑事部長在線上。」龍崎說。「讓長官久等不禮貌。」

野間崎管理官總算接下電話。

「我是第二方面本部的野間崎。」他只說了這句話，便聆聽伊丹說話，臉色剎時變得蒼白，額頭甚至冒出冷汗。

「是。」

野間崎管理官立正不動，拿著話筒聆聽。

「是，我明白了。」

說完後，他把話筒遞向龍崎，龍崎直接掛了電話。野間崎管理官看著龍崎，一臉尷尬。

龍崎回望著他，一聲不吭。野間崎好像在猶豫該擺出什麼樣的態度、又該說什麼好。龍崎對野間崎有何感受不感興趣，時間寶貴，他只希望對方快滾。

「我一時激動而疏忽了。」野間崎管理官的語氣變得恭敬。「您是從警察廳調來的。」

「小子」變成了「您」。

當然，方面本部也接到了龍崎的人事命令。但方面本部極為忙碌，應該沒空記住每一項人事異動。

而野間崎現在總算想起龍崎的來歷了。當然，他應該也想起了對方的階級。一定是因為這樣才改變態度的。

龍崎一語不發。野間崎如坐針氈地乾咳了一下。

「今天我就先回去了。但是在緊急調度中讓嫌犯逃之夭夭，是重大的疏失，請務必認真面對。」
顯而易見，他正在設法保住顏面。
龍崎點點頭。
「好的，我知道了。」
野間崎轉身離開署長室，貝沼副署長驚慌失措地追上去。接下來交給副署長就行了。
龍崎回到公務上。他覺得餘味很糟，若是以理服人，讓野間崎離開也就罷了，自己卻利用了階級和伊丹的地位。這種做法或許很卑鄙。尤其他很後悔借用了伊丹的權勢。
但除非這麼做，否則野間崎一定會堅持要把所有的署員集合到禮堂。不管怎麼樣，總之是成功驅逐野間崎了。無論手段如何，目的都達成了。龍崎決定不再糾結下去。
貝沼副署長回來了。
「野間崎管理官回去了。」

龍崎頭也不抬，繼續蓋印章。

「好。」

他不想看貝沼露出怎樣的表情。

「我太驚訝了……」貝沼副署長説。「管理官就像顆洩了氣的皮球。」

龍崎望著手上的文件應道：「沒什麼好驚訝的。是對方的要求太無理。」

「轄區絕對不會頂撞方面本部或本廳。」

「警察組織的基本是絕對服從，就跟軍隊一樣，最重視第一線順暢地執行上頭所擬定的策略。從這個意義來説，轄區不可以違抗上頭的指令。但上頭的命令顯然不合道理時，另當別論。方面本部管理官的面子，在職務上毫無意義。」

「我也罵過課長們了。」

龍崎抬頭。

「什麼？」

「警署的幹部都是這樣的。是署長與眾不同。」

「我並不特別。」

難道在這裡，他人對自己的評價還是一樣？

龍崎待過形形色色的職場，從警察廳開始，經歷各地方警察本部，再回到警察廳。

而現在他待在轄區警署。來到這裡以前，周圍的人對龍崎的評價都很一致：「怪人」。

貝沼雖然沒有說得那麼白，但意思應該是一樣的。

「你聽好，」龍崎對貝沼說。「副署長罵課長，課長就會罵係長，係長再罵底下的職員。這樣的連鎖會打擊士氣。管理人員不能憑情緒做事，重要的是講求合理。你要銘記在心。」

「是的。」

龍崎不知道貝沼對他究竟是欣賞還是厭惡。但介意也沒用，因此他叫自己別去想。

但他必須明確地傳達出自己身為署長的理念。因為萬一署長出事，會是副署長來接替指揮。

貝沼副署長行禮，準備離開。

「等一下。我想到一件事，小餐館的爭吵報案後來怎麼了？地域課去處理了嗎？」

貝沼回答：「我叫地域課長來報告。」

龍崎點點頭，視線回到辦公桌。

4

「緊急調度解除後，我立刻派人去看了。」地域課長報告說。「好像沒有什麼異狀。」

記得地域課長名叫久米政男……階級是警部，比龍崎大四歲。接任署長後，第一件要做的事就是記住署員的姓名，尤其是課長的名字，必須立刻記住。

「那是幾點的時候？」
「我想想……大概是兩點半左右。當時我跟署長在車子裡。」
當時他們正乘車前往參加中小學教師與家長會的犯罪預防懇談會。
「你說沒有異狀，具體來說是怎麼樣？」
「回報的同仁說，他們去到小餐館前面，但看起來什麼事也沒發生。」
「那家小餐館位在怎樣的地點？」
「是大森北五丁目的商店街外側，位在巷弄裡，很不起眼的一家店。」
「周圍有類似的餐廳嗎？」
「附近有中華餐廳和超商……」
「問過爭吵的來龍去脈了嗎？」
「小餐館關著，沒有人回應，所以同仁回來了。」
這應該是一般的處理方式。雖然發生爭吵，但沒有演變成大事。也許是警察去看的時候人剛好不在。
但龍崎莫名地感到擔心。

「開店的時候，再派人過去看一次吧。」

「好……」

久米地域課長似乎不是很能接受。

「我想確定一下。要是沒事就好。叫你的人向爭吵的當事人詢問後來怎麼了。爭執如果變得嚴重，也有可能發展成犯罪。」

「好的。」

久米地域課長離開後，龍崎看看剩下的文件，嘆了一口氣。自從赴任以來，他就一直覺得這實在不是一個人負荷得了的量。

他甚至懷疑，也許這是課長們在惡整從警察廳被降調過來的菁英署長。

龍崎默默地工作，注意到的時候，已經七點多了。

地域課沒有報告。餐廳的話，這時間應該早就開門了。也許他們忘了，或是因為太忙，把這件事延後了。

確實，這或許只是件小事。但事後確認很重要，每一件事情都必須確實結案。

龍崎打內線到地域課。

「小餐館爭吵那件事後來怎麼了？」

「還沒有接到回報。」

「用無線電聯絡。」

龍崎掛斷電話。

一會兒後，久米地域課長到辦公室來了。

「不用每件事都親自過來，打電話說一聲就結了吧？」

「前任署長都要求口頭報告，已經成了習慣……」

「那後來怎麼了？」

「同仁回報說小餐館還沒有開店。」

「都七點多了，不太對勁。」

「也許是公休。」

「查證過是公休了嗎？」

「不，還沒有。」

「詢問附近的店家確認。」

「有這個必要嗎？」

龍崎嘆道：「那裡白天發生過爭吵。連誰跟誰吵架、怎麼發展成爭吵的都不曉得。但可以確定的是，白天發生過反常的事，而這天店家該開門的時間沒有開門，這樣還不該懷疑出了什麼問題嗎？」

「我知道了，我立刻派人去附近打聽。」

久米地域課長離開後，龍崎再次嘆氣。

龍崎沒什麼第一線的經驗，但還是能察覺有些不太對勁，然而第一線的課長卻毫無所感，這豈不是個問題嗎？

是辦案的感性問題。不，會不會是第一線人員太習慣異常狀況了？一般人覺得不對勁的事，他們也會覺得沒什麼，就這樣放過。這是危險的徵兆。

內線響了。是久米地域課長。能夠立刻改掉舊習，值得嘉許。

「怎麼樣了？」

「今天是星期二，好像不是公休日。」

「店門還是沒開？」

「對。」

「同仁有再次叫人嗎？」

「是的。同仁去看過了。那家店一樓是小餐館，二樓是住家，調查員叫了幾次，但都沒有回應。」

不祥的預感愈來愈強烈了。

「查出電話號碼，打過去看看。繼續詢問周邊鄰居，看看有沒有什麼不對的徵兆。」

地域課長似乎也覺得事情有些蹊蹺。

「我會加派人手，請休假中的同仁過去。」

「一有狀況立刻通知我。」

「好的。」

龍崎掛了電話。他一邊講電話，手仍不停地蓋章。

八點過後，他總算核批完所有的文件。確定完明天的行程後，收拾準備回家。

只要龍崎還在署裡，副署長和課長都不敢回去。雖然擔心地域課那個案子，但有狀況的話，他們應該會打手機聯絡。

龍崎向副署長和警務課長道別，離開警署。

回到家裡一看，女兒美紀站在廚房，正在洗碗盤。真難得。家事向來全由妻子處理，美紀現在應該只關心求職的問題。

「你媽呢？」龍崎在廚房門口問。

「啊，你回來了。」美紀說。「媽去躺下了。我硬要她休息的。」

「她還是不舒服嗎？」

「她說胃痛。」

到臥室一看，冴子正要起身出來。

「你不用起來。」

「我沒事，是美紀太誇張了。」

「你沒去醫院？」

「我吃過胃藥了。真的沒什麼。」

「明天一定要去醫院，請醫生好好檢查。如果真的沒事，那是最好的。」

「好，我知道了。」

「家裡都要靠你，如果你狀況不好，我也沒辦法安心工作。」

「就說知道了嘛。」

「不要勉強，躺著吧。」

冴子回到床上。

龍崎換上拿來當居家服的運動服，從冰箱取出罐裝啤酒，在餐桌坐下。只在晚餐的時候喝一罐三五〇毫升的啤酒，是龍崎的習慣。美紀把菜端到桌上。

燉鰈魚和涼拌鴨兒芹。醃菜的小碟子上盛著醃蘿蔔、薄醃小黃瓜和整條醃茄子。美紀不可能會做燉鰈魚，這些菜應該是妻子冴子準備的，美紀一定只是把菜熱過，盛一盛端出來而已。

但妻子不舒服的時候，美紀像這樣替她在廚房裡張羅，讓龍崎覺得，果然她還是個女孩子。

喝了一口啤酒，正要夾燉鰈魚的時候，某處傳來低沉的嗡嗡聲。是轉成靜音的手機在震動。

「是爸的電話嗎？」

被美紀這麼一說，龍崎拿起從西裝口袋掏出來放在客廳桌上的手機。是署裡打來的。

「喂，我是龍崎。」

是久米地域課長打來的。

「那家小餐館好像不太對勁。同仁回報說，店裡依舊無人應答，但二樓的住處有人，而且沒有開燈。」

「好，我回去署裡。」

對方很驚訝。

「現在嗎？呃，沒這個必要，我們會採取必要措施……」

「必要措施」這個詞真的很方便。想不到具體對策時，常會用這個字眼搪塞過去。

「不行，一開始是我下的指示。詳細情形等我到署裡再報告。」

「好的……」

久米地域課長無力地應話。掛斷電話後龍崎才想到，久米是不是準備打完電話後，接下來交給值班員警回家去？

但是署長要去署裡的話，他就不能回家了。

顯然出了什麼不尋常的事，卻想要回家，這太不像話了。他把警察的職務當成什麼了？

龍崎放棄喝啤酒，匆匆用完飯，再次穿上西裝。

「你要出門？」妻子冴子在床上問。

「我去署裡一趟。」

「出了什麼事嗎？」

「還不清楚。我不知道什麼時候會回來，你先睡吧。」

龍崎就要前往玄關，美紀睜圓了眼睛問：「爸要出門？」

「對，去署裡一趟。」

身為警察官，在夜裡出門並不稀罕。他以為美紀應該已經習慣了。但父親才剛踏進家門，轉眼又要出門工作，這種慌亂的步調，或許讓人永遠無法習慣。

「就算當了署長，還是沒辦法安頓下來呢。」

「當然了，署長是警署的負責人。」

「路上小心。」

玄關旁邊是兒子邦彥的房間。邦彥正在準備重考。

邦彥突然開門探出頭來，把龍崎嚇了一跳。

「怎麼了？」

「升學的事，我有話要跟爸說。」

「什麼事？」

「我決定還是要考東大。」

邦彥本來考上知名私立大學，但龍崎說他不承認東大以外的大學，逼邦彥重考。一開始邦彥非常抗拒。

也許是出於反抗心理，邦彥染指了毒品。龍崎要兒子去自首，結果邦彥因為是初犯，又未成年，並且尚未成癮，最後被判保護觀察處分。

雖然處分很輕，但若是以國家公務員為目標，也許會成為阻礙。國家公務員第一種考試的門檻極高。因此龍崎決定不再插口干涉邦彥的升學問題。

然而邦彥卻主動說要報考東大。他究竟經歷了怎樣的心理變化？

「好。晚點再告訴我詳情。我現在得去警署一趟。」

「哦……」

龍崎離開宿舍。

「你說有人在家，卻無人回應，是怎麼回事？」

龍崎把久米地域課長叫到署長室問話。

「有幾個可能，但最糟糕的情況，就是歹徒據守在屋內。」

齋藤警務課長已經下班了，貝沼副署長也不在。看看時鐘，九點半了。是上白班的人理所當然應該在家的時間。

「白天的爭吵怎麼樣了？」

「同仁在周圍打聽後，發現有人在爭吵這件事可能值得商榷。」

「什麼意思？」

「確實有人聽到爭吵聲，卻沒有人明確地看到是誰跟誰在爭吵。」

龍崎尋思起來：「你說最糟糕的情況，是歹徒據守在屋內？意思是歹徒抓了餐廳的人當人質，關在屋裡？」

「也有這種可能性。」

「那爭吵聲有可能是歹徒侵入準備開店的小餐館時的聲音。如果有陌生男子突然闖進店裡，賴在那裡不走，當然會發生爭吵。」

「是啊……」久米地域課長的表情不安起來。

「刑事課長回去了嗎？」

「是的。」

「叫他回來。很可能出事了。」

「好的。」

「就像緊急調度時那樣，主要人員都集中到署長室來。還需要無線電聯絡人員。」

久米地域課長表情緊張地說：「有那麼緊急嗎？」

「或許沒有。但警察這份工作必須依據最壞的打算來行動。我來打電話給副署長。」

久米地域課長離開辦公室。

貝沼副署長在電話中聽到龍崎的說明，沒有任何多餘的話，應道：「好的，我立刻過去署裡。」

副署長不管是表情還是聲音，都很少表露感情。這本身或許就反映了他對龍崎的反感。

副署長也住在轄區內。家住最遠的是刑事課長，他住在川崎市的透天厝。

龍崎正在等副署長和刑事課長過來，這時久米地域課長衝進署長室。

一看到他的表情，就知道出大事了。

「怎麼了？」

「同仁回報二樓有人開槍。」

「小餐館嗎？」

「是的。地域課的同仁再次拜訪，結果有人從樓上疑似開槍了。」

「有人受傷嗎？」

「目前尚未確認，但不知道小餐館內是什麼狀況。」

「聯絡刑事課的值班人員。」

「無線電人員已經聯絡了。」

「通報指揮中心了嗎？」

「通報了。」

「叫署員不要隨便靠近。雖然不知道屋內是什麼人，但不能隨便刺激。

我不希望有人受傷。」

「好的。」

「本廳或方面本部應該立刻就會做出指示。如果是人質劫持事件，就需要成立指揮本部。把警務課長也叫回來。」

「好的。」

還不清楚詳情。但確定有人開槍，表示很有可能是歹徒挾持餐廳老闆等人為人質，據守在屋內。感覺最糟的預測就要成真了。

有通報說刑事課的強行犯係（註：刑事課中主要負責殺人、強盜、綁架、暴力傷害等重大刑案之單位）已經趕往現場了。本廳應該也派了機動搜查隊前往現場。

感覺得出署內一下子兵荒馬亂起來。

貝沼副署長進到署長室問：「到底是怎麼了？」

「那家小餐館發生槍擊事件。」

「槍擊事件？有人從屋內開槍？」

「似乎是。幸好署員沒有受傷。」

「也就是發生人質劫持事件？」

「還不清楚屋內的狀況，但這樣的可能性很高。強行犯係已經前往現場了。刑事課長應該也在回來的路上。可能要成立指揮本部，所以我把警務課長也叫來了。」

貝沼副署長只是默默地點頭。依舊無法從他的表情看出任何感情。也許他覺得這是署長在搞個人秀。

但主動總比被動好。龍崎自信並未做出錯誤的指示。

刑事課長總算到了。他叫關本良治，四十七歲，階級是警部。

「我接到強行犯係長的電話，有槍擊事件？」

龍崎點點頭。

「我想請你調查一件事。」

「什麼？」

「白天的高輪搶案，有一名歹徒還在逃亡對吧？」

「是的。」

「查一下歹徒是否有傢伙。」

這裡說的「傢伙」指的是武器。

「好的。」

「還有，我想知道歹徒最後的行蹤。」

「也就是說，署長懷疑從小餐館二樓開槍的可能是那名強盜犯……？」

「三個人裡面，有兩個人經過我們署的轄區，就算另一個人停留在這裡也不足為奇。」

關本刑事課長蹙起眉頭。

「我立刻去查。」

「不必離開。」龍崎說。「電話用這裡的就好。課長都留在這裡，訊息也全部集中到這裡。」

久米地域課長和關本刑事課長對望，瞬間露出不知所措的表情。在署長眼前，他們不好辦事是嗎？

關本刑事課長說：「好的。但可能會有點複雜，我想用自己辦公桌的電話。」

沒辦法。他是指自己的辦公桌才有電話簿之類的資料吧。

指揮中心應該已經將訊息發布給相關各部門了。或許本廳搜查一課已經在擬定對策。

報告說署裡的強行犯係抵達現場了。

小餐館二樓後來便毫無動靜。燈好像也熄了。應該是在提防，盡量不想讓外界得知裡頭的狀況。

龍崎指示無線電人員。

「交代下去，盡量蒐集情報。徹底向周邊住戶店家打聽。查一下小餐館的電話。或許有談判的餘地。」

齋藤警務課長來了，問：「聽說要成立指揮本部？」

龍崎點點頭。

「可能是歹徒劫持人質事件。如果是的話，我們署當然要成立指揮本部。你想一下該如何應對。雖然沒有綁架案那麼嚴重，但應該仍會動員相當多的人力。」

「好的。」

龍崎辦公桌的電話響了。

「喂，大森署，我是龍崎。」

「是我。聽說發生人質劫持事件？」是伊丹的聲音。

「尚未確定，但可能性很高。」

「尚未確定？」

「確定有人開槍，但尚未與開槍的人接觸。」

「我現在過去那裡。」

「刑事部長沒必要特地過來。」

「我向來奉行現場主義。晚點見。」

電話斷了。

不知為何，龍崎感到有些憂鬱。

5

齋藤警務課長投入指揮本部的籌備工作。

對轄區警署來說，成立搜查本部和指揮本部是件大事。不只是負責案子的部門，還必須從整個署調派人力。

刑事課只能暫時拋開正常業務。休假的人也會被召集回來。如果還不夠，就得向鄰近警署請求支援。

還會有大批調查員從本廳蜂擁而至。這也就罷了，但其中也有人會提出一些無理的要求。

光是準備調查員的便當飲料，就是件苦差事。也必須安排休息室。本部必須架設電話，安裝電腦和無線電機。

不是誇張，成立搜查本部或指揮本部的轄區警署，會陷入爆炸狀態。而必須指揮調度全局的齋藤課長，其辛苦非同小可。

但還是得要他辛苦一下。畢竟這就是警察的工作。

關本刑事課長返回署長室報告。

「已經確定了。逃亡的搶案歹徒持有手槍。落網後接受偵訊的共犯說，嫌犯持有貝瑞塔手槍。是美國軍方採用的款式，似乎有十發以上的子彈。」

「十發以上？」龍崎反問。「不知道確切數字嗎？」

「好像不清楚。不知道彈匣裡面有幾發子彈。」

「立刻調查最多可以裝幾發。」

「貝瑞塔手槍的彈匣，最多可以裝十五發子彈。」

那口氣就像在說這根本用不著調查。或許對刑事課長來說，手槍的子彈數目是常識。就像刑事課長說的，貝瑞塔成為美軍制式手槍後，就從世界各地的美軍基地流入地下社會。

比起托卡列夫等手槍，貝瑞塔應該要高級許多，現在卻成了犯罪組織能輕易取得的武器。

「共犯聲稱有十發以上的子彈。如果相信他們的說詞，逃亡嫌犯手上的子彈最少有十發、最多十五發……」

「從小餐館開槍的是逃亡的強盜犯嗎？」
「如果有人不這麼認為，最好別幹警察了。」
「是的。」
「鑑識找到彈頭後，狀況應該會更明朗。歹徒的貝瑞塔是多少口徑？」
「九毫米。」
「如果確定開槍的手槍是貝瑞塔，就可以判斷躲在小餐館二樓的是逃亡中的強盜犯。」
「剛才接到通知，說本廳鑑識小組抵達現場了。應該很快就會明朗了。」
龍崎點點頭。
這時一名年輕制服員警一臉蒼白地衝了進來。
「怎麼了？」
「刑……刑事部長來了！」
伊丹從員警後方現身。他穿著西裝，而不是制服。深藍色西裝搭配亮藍色領帶，很年輕的配色。

令人氣憤的是，穿在伊丹身上相當稱頭。

除了龍崎以外，在場所有的人立刻起立立正。本廳的刑事部長地位就是如此崇高。刑事部長親臨現場，在場的調查員都會緊張。但這樣的緊張，不一定是好的影響。

伊丹以快活到格格不入的語氣說：「嗨，狀況怎麼樣？」

龍崎忍不住板起臉孔，假裝在看手上的文件。他不中意伊丹那瀟灑的穿著，以及明朗的態度。

署長室外頭應該擠滿了記者。刑事部長一有風吹草動，媒體也會跟著行動。伊丹一定是充分意識到這一點。

「正在等鑑識的報告。」龍崎盡可能公事公辦地回答。

「本廳的鑑識是吧？」伊丹隨便找了一張椅子坐下。「你們不會接到報告。報告應該會送到搜查一課。」

龍崎皺起眉來。

「這是我們轄區的案子，資訊應該要共享才對吧？」

「我也這麼認為，不過這是慣例……當然，搜查本部或指揮本部成立的話，會在會議上公開訊息。」

「你怎麼能說得這麼悠哉？這樣拖拖拉拉的，萬一出現傷亡怎麼辦？只要鑑識找到彈頭，確定口徑，就可以推估出歹徒的身分了。」

伊丹瞥了龍崎一眼，微微地笑了。

「你說高輪的搶案對吧？落網的共犯供稱，在逃的歹徒持有貝瑞塔軍用手槍。」

「沒錯。」

「如果真的是這樣，你的立場會有點危險唷。」

龍崎完全不懂伊丹在說什麼。

「危險？」

「難道不是嗎？」伊丹假惺惺地板起臉來，表現出一副深為龍崎的立場擔憂的態度。「事件的開端是高輪的搶案。緊急調度時，兩名歹徒就這樣從你們警署的眼皮底下溜走了。如果第三名歹徒留在你們轄區裡面，抓了人質，大家會指責你們警署到底在做什麼？」

「緊急調度不是萬靈丹，歹徒也是拚了命在逃亡。要是每次緊急調度都能逮到人，就沒這麼多麻煩事了。」

「是這樣沒錯啦……不過警察組織裡面就是有人意見特別多。因為不想負責，所以總是設法把責任賴到別人身上。」

「太荒唐了。」

「大家都是為了這些荒唐事而辛苦啊。」

「應該把這些精力用在逮捕嫌犯和預防犯罪上。這不是你的職責嗎？」

龍崎有些好奇一直杵在原地的貝沼副署長、刑事課長和地域課長在想些什麼。也許他們也和伊丹一樣，正在擔心警署的顏面。

也可能他們三人當中的某人，正以看好戲的心態看著伊丹與龍崎的爭論。那個人或許就是貝沼副署長。龍崎實在難以掌握貝沼的心思。

伊丹彷彿完全不在乎站著的三人。他看著龍崎說：「如果出現死傷，或許會有人要求究責。」

龍崎厭煩到家地回答：「我正在盡全力避免那種情形。」

「很好。但你也得先做好心理準備。好了，如果真的有歹徒抓了人質，就必須成立指揮本部。得設在大森署這裡，沒問題吧？」

「已經開始準備了。」

伊丹滿意地點點頭。

「不愧是你。」

「設在禮堂可以吧？規模呢？」

「要等現場報告才能決定，暫時四十人左右的規模吧……」

「本廳會派二十人過來？」

「我會呼叫搜查一課的特殊班和機搜，你們也派出二十名人力吧。」

「沒問題。」

龍崎已經指示久米地域課長和關本刑事課長召集人員。繼緊急調度之後，又是成立指揮本部，署員很辛苦，但這是警察的工作。

成立特別搜查本部或大規模的指揮本部，該年的署預算就會被吃掉大半。

即使在柔道、劍道、擒拿術等術科大賽拿到好成績，也沒錢辦慶功宴，旅遊也甭想了，尾牙也會變得寒酸到不行。

所以署員都很討厭搜查本部或指揮本部。但龍崎認為慶功宴或尾牙應該要自費參加。民間的公司都是這樣的，卻只有公務員拿公費吃吃喝喝。

指揮本部成立的話，在破案以前都無法回家。龍崎已經有了心理準備。但他忽然擔心起妻子冴子。他已經要她明天去醫院檢查了，她會乖乖去嗎？

她說她胃不舒服。龍崎從來沒有聽過妻子抱怨身體不適。他覺得應該不會有事，但妻子真的非常難得生病。

儘管擔心，但就算龍崎在家，也毫無助益。女兒美紀應該更可靠多了。美紀求職似乎也很忙碌，但只能交給她了。

齋藤課長回來了。好像是來報告指揮本部的籌備進度。他看見伊丹在署長室，嚇了一跳，在原地站定。

龍崎總是覺得這過剩的階級意識實在很要不得。他聽說第一線的刑警不怎麼在乎階級，應該是真的。如果靠階級就能辦案，世上再也沒有比這更輕鬆的事了。辦案需要技術、知識與經驗。但只要爬到管理職，階級與職位的上下關係似乎就會滲透到骨子裡去。

「一接到現場聯絡，應該就會立刻成立指揮本部。辦公室準備得如何了？」

龍崎問，齋藤課長維持立正狀態回答：「是的。桌椅已經排好了。但電腦線路還有電話，要等到明天早上才能架設。」

「很好。」伊丹說。「在那之前，就用無線電和手機聯絡吧。我過去那邊。」

「等一下。你還是老樣子，這麼猴急。要是你現在過去，正在準備的署員都不用做事了。至少在這裡等到現場聯絡吧。」

「現場怎麼樣了？」

龍崎問關本刑事課長：「怎麼都沒有報告？」

「不知道。」

「我們署的強行犯係早就到了吧？」

「是的。」

龍崎命令坐在署長室無線電機前的無線電人員：「用無線電呼叫，叫他們通知狀況。」

無線電人員透過署外活動頻道，一般稱為「署活台」的頻率呼叫強行犯係。

立刻就有了回應。

「請回報狀況。完畢。」無線電人員說。

「啊……哦，其實我們也不太清楚。完畢。」

龍崎蹙眉。那聲音聽起來毫無緊張感。

「什麼意思？」

關本刑事課長變得一臉苦澀，從無線電人員手中搶過麥克風：「請回報抵達現場後的狀況。」

片刻之後有了回答：「二二〇〇左右，大森署強行犯係抵達現場。幾分鐘後，機搜抵達現場。二二一五，本廳鑑識組及搜查一課特殊班抵達現場。

歹徒沒有動靜。後續也無槍聲。完畢。」

「室內狀況呢？」

「燈關著，不知道詳細情況，空調室外機運作中。」

無線電報告就這樣結束。

龍崎再次詢問關本刑事課長：「他們說不清楚是怎麼回事？他們不是在現場嗎？」

「呃……」

關本一臉困窘，瞄了伊丹一眼。那眼神別有深意。

「回答無線電的是誰？」

「強行犯係的係長。」

記得是叫小松茂，四十五歲，警部補。聽說是個血性男子，應該不是人在現場卻無法掌握狀況的草包。

「現場到底是什麼狀況？」

「我猜我們署員應該是幫本廳的人帶路吧。」

「帶路……？」

「嗯……轄區人員熟悉當地地理……」

有人的手機響了。龍崎掃視室內人員，內心責怪怎麼有人不懂得要在這種場合轉成靜音？

結果掏出手機的是伊丹。他應和著對方，最後只說了一句「我懂了」，就掛了電話。

伊丹對龍崎說：「搜查一課長聯絡，說鑑識找到彈頭，是九毫米手槍子彈。應該是歹徒持有的貝瑞塔。指揮本部正式成立。」

伊丹站了起來，八成是準備前往正在布置的禮堂。禮堂空調還沒有完全運作，應該悶熱得要命。

但伊丹就愛往那種地方跑。他一定是想博得署員和媒體的矚目。

龍崎說：「我過去現場。」

伊丹驚訝地回頭看龍崎。

「去現場？」

「對。指揮本部的負責人當然是你，轄區署長只是副本部長。掌舵由你一個人來就夠了，我去看看現場的情況。」

聽到龍崎這話，齋藤警務課長慌了。

「現在沒有人可以駕駛署長座車。」

「不用坐車。現場在大森北五丁目對吧？用走的走不到嗎？」

「用走的要二十分鐘以上。」

「沒關係，給我地圖。」

「請等一下。」關本刑事課長制止。「署長請待在指揮本部，我過去現場。」

龍崎立刻就察覺了，他們並不是關心署長，而是不希望署長多事。

「課長得專心處理召集人員的事務。必須盡快讓指揮本部開始運作。人質處境危險。」

伊丹驚訝地說：「有人質嗎？我怎麼沒聽說？」

「白天有人聽見店內傳來爭吵聲，因此我們推測小餐館老闆和家人遭到歹徒挾持了。」

「好，你說的沒錯，人質很危險。」

原本一直默默聆聽眾人對話的貝沼副署長開口：「召集人員等事務我來負責。總之署長不能單獨一個人前往現場，請讓刑事課長陪同。」

是在叫他不要搞個人秀嗎？這話出自貝沼副署長口中，就令人有這種感覺。

或許貝沼對要求前往現場的署長感到氣憤。他是不是想，署長就該安安分分地坐在署長室或指揮本部？

最後是由刑事課長駕駛署長座車，一同前往。龍崎也會開車，但他還不熟悉轄區內的地理環境，如果開進住宅區，因為有巷弄，很可能搞不清楚東西南北，所以他才會想步行前往。

伊丹露出有些怨恨的眼神說：「千萬要小心啊。萬一你被歹徒擊中，那可不是鬧著玩的。」

龍崎認為伊丹可能是不甘心。或許伊丹正想像自己瀟灑登場指揮本部的風光場面，但前往現場，受到的矚目更大。伊丹可能覺得自己被比下去了。

伊丹看起來豪邁大方，不拘小節，但其實非常斤斤計較。他總是在意著周圍的目光。

伊丹一定成天神經兮兮，勞心費神。不過他還是好好地扛起了刑警部長的重責。就這一點上，龍崎覺得是可以肯定的。

6

署長座車無法靠近現場。媒體車已經前來，還有看熱鬧的民眾。穿著地域係制服的警察正在拉起黃色封鎖線，設法將媒體和民眾從現場隔離開來。

關本刑事課長走在前面，擔任開路人。媒體正全神貫注在拍攝現場照片，龍崎乘機鑽過黃色封鎖線，進入媒體無法進入的結界。

幾名報社記者這才發現關本和龍崎，但為時已晚。他們就像被擋在結界外頭的惡靈般，咬牙切齒著。

龍崎以前任職警察廳時，也負責媒體公關，所以很清楚他們是怎樣的一群人。直截了當地說，他們根本不是什麼以筆桿為武器的戰士，而是骨髓裡都填滿了商業主義的信徒。

報社和電視也是，愈到高層，就愈滿腦子只想著超越競爭對手。換句話說，一切都是為了報紙銷售量和收視率。

言論自由對他們來說只是個口號。簡而言之，他們只是在與競爭對手殺個你死我活。他們宣稱媒體業是雁過拔毛的嚴酷世界，但才沒那麼了不起，龍崎總是覺得，他們根本樂在其中。

黃色封鎖線內分成了幾個團體，都聚在二樓窗戶死角的位置。

大森署的強行犯係在距離小餐館最遠的地方。小餐館店名叫「磯菊」。看到招牌時，龍崎為了先前完全不知道店名而一陣驚愕。竟然沒有半個人提到店名。

這種情形經常發生。每個人都用一句「現場」帶過，覺得這樣就算知道地點的專有名詞了，並深信反正一定有人知道，不會有問題。

強行犯係人員向龍崎行了個禮。八成只是形式。

關本刑事課長問小松強行犯係長。

「你們在這裡做什麼？」

「準備成立前線本部。」

「前線本部？」

「是的。我們的人正在商借對面公寓可以看到那家小餐館二樓窗戶的房間。」

「是搜查一課指示的嗎？」

「是的，是特殊班下的指示。」

搜查一課特殊班，是專門處理綁架、據守、劫機、恐攻等犯罪而成立的部門。

調查員全是老手當中的佼佼者，據說他們平日進行嚴格的訓練，是應付這種狀況的專家。

龍崎漸漸看出各個團體是哪路人馬了。一群是大森署的強行犯係，另一群人穿著工作服在進行作業，看得出是鑑識人員。

但鑑識人員並不像命案現場那樣大剌剌地四處走動。因為歹徒還在屋內，非常危險。

鑑識的第一個任務是查出手槍子彈的口徑，而這個任務已經完成。現在他們只是在二樓的死角位置悄悄地採集腳印和指紋。

還有機動搜查隊的團體。他們應該和大森署的強行犯係共同展開初步的偵查了。

另一群人應該是特殊班。他們戴著接線生那種耳麥，似乎使用他們專屬的無線電頻率，就好像好萊塢電影裡面的警察。

這麼說來，特殊班簡稱SIT，有人以為那是「Special Investigation Team」的縮寫，若是這樣，確實美國味十足，但其實只是「搜查一課特殊班」（Sousa Ikka Tokusyuhan）的羅馬拼音簡寫。

他們冷靜地處理狀況，十足專家風範。但看到他們，龍崎也總算理解為何強行犯係的小松係長會在無線電中回答「不清楚狀況」了。

ＳＩＴ把轄區人員趕到現場角落去了。他們獨占情報，把轄區強行犯係當成手下使喚。

因此鑑識結果不是通知大森署，而是透過搜查一課，打到伊丹的手機去。

警察的命令系統是垂直傳達的。ＳＩＴ只會報告本廳，強行犯係也只會報告大森署。為了消弭這樣的侷限，才需要指揮本部，但如果沒有這樣的組織弊端，或許也不需要耗費莫大的金錢與精力，去成立特別搜查本部或指揮本部了。

如果警方是能臨機應變的彈性組織，應該能省掉許多浪費，但實際上卻不是如此。現在的警察組織是在明治時代建立起基礎的，警界現今依然殘留著濃濃的形式主義與官僚主義。

看來強行犯係的人對ＳＩＴ的做法相當氣不過，但現在應該聽從ＳＩＴ的指示。畢竟ＳＩＴ知道正確的處理方式。

龍崎詢問：「前線基地找到地方了嗎？」

小松係長立刻回答：「是的。我們借用了對面公寓一戶人家的客廳。」

「好。接下來就聽從SIT的指示。」

小松係長顯然相當不悅。

「他們根本只把我們當成帶路的。」

「事實上你們確實熟悉此地，這也是沒辦法的事。」

龍崎這話似乎更刺激了強行犯係人員。但龍崎不在乎。事實就是事實。

「就算是本廳的人，也不必架子那麼大吧……」

有人憤憤不平地說。

龍崎望向說這話的人。他認得這名調查員，是叫戶高善信的（巡查）部長刑警。

龍崎和戶高曾有一段過節。以前龍崎到大森署來參與搜查本部時，受到戶高粗魯無禮的對待。龍崎無法原諒的是，戶高一得知龍崎是警察廳的菁英，立刻換了副嘴臉。

從他的態度，明顯可以看出他平日總是對一般市民高高在上，對大人物卻是卑躬屈膝。戶高似乎總是覺得全世界都虧欠他，是那種升不了官的人常見的類型。

龍崎對戶高說：「他們並不是因為是本廳的人，所以擺架子。他們平日累積訓練，就是為了應付這種狀況。你們受過他們那樣的訓練嗎？」

戶高鬧脾氣似地撇開臉去。

關本刑事課長見狀說：「署長在問話，你好好回答。」

戶高依然一臉不爽，說：「我們可沒空搞什麼訓練。」

龍崎說：「那麼聽從他們的指揮才合理。他們知道如何應對。這不是解決事件的捷徑嗎？」

戶高默默無語。

「我去把我們的立場告知SIT。」

聽到龍崎這話，關本刑事課長慌了。

「在現場請不要隨意走動。不曉得歹徒何時又會開槍。」

「我也是警察，知道危險。」

龍崎走近SIT。戴耳麥的男子發現他。

「我是大森署的龍崎。」

「署長是嗎？我是特二的下平。」

SIT大致分為第一特殊犯搜查與第二特殊犯搜查。第一特殊犯搜查又分為第一係到第三係，特二就是其中的第二係。

「大森署接下來會聽從SIT指揮。」

下平有些驚訝的樣子，接著神色懷疑地說：「若是那樣就太好了。」

「伊丹部長也已經抵達指揮本部了，請指示接下來該如何行動。」

下平的表情變了，就像得到力量般英氣煥發。他本來應該以為轄區署長是來多事插嘴的。

但這時他發現龍崎並沒有那個意思，而是真心要服從指揮。

「歹徒持有貝瑞塔手槍，應有十發以上的子彈。我們打算呼叫一支機動隊小隊支援。我們特殊班也分成前線本部和指揮本部，希望轄區強行犯係和我們前線本部一起留在現場附近。署長請返回指揮本部。」

「不，指揮本部有伊丹部長和副署長坐鎮，我待在這裡應該比較好。」

「這裡很危險。」

「你們為什麼都說這種奇怪的話。就算是署長，也一樣是警察。身為警察，每個人都應該自覺到退休前都是在從事危險的任務。」

瞬間，SIT成員全都望向龍崎。

怎麼了？我說了什麼奇怪的話嗎？

「總之我會留在這裡，請不必擔心。我很清楚SIT都是專家，我們會全面聽從各位的指揮。」

「好的。我們正在請貴署的調查員找地方設立前線本部。」

「已經安排好借用那裡的房間了。前線本部就設在那裡。」

龍崎指著「磯菊」對面的公寓二樓說。

下平說：「那麼請署長到那裡去。」

「我想知道目前的詳細狀況。」

「我們正在打電話到『磯菊』。店鋪與住家好像是同一支電話，應該是子母機。二樓應該也有電話響，但沒有人接電話。」

歹徒是在防備。一定處於高度緊張之中。龍崎擔心人質。

龍崎回到強行犯係，對關本課長說：「你回去指揮本部。應該有幾名管理官從本廳過來了，你負責輔佐他們。我留在前線本部。」

「署長座車怎麼辦？」

「你開回去。我可以自己走路回去。」

關本刑事課長沒有囉嗦什麼。

「好的。」

然後龍崎對強行犯係的人說：「好了，你們別待在這種地方，到SIT的下平係長旁邊，接受指揮。」

他們面面相覷。一定是對先前被趕到角落記恨在心。在現場就應該撇開那種感情，合理行動。

龍崎這麼認為，但轄區調查員卻不肯如此行動。

「快去。」小松係長鞭策說。「在這裡生悶氣也不是辦法。」

他們對SIT有何觀感，龍崎完全不關心。問題是該如何解決這起據守事件。

SIT的下平係長說他們持續打電話到「磯菊」。歹徒還沒有回應，但應該知道自己已經遭到警方包圍了。也知道因為開槍，把自己更逼進了絕路。

用來設立前線本部的公寓住處是三房兩廳，比龍崎的住宅小多了。裡頭住著一對年輕夫婦。設立前線本部的地點最好是空屋，但不可能總是在那麼剛好的位置有空屋。

因此只能像這樣仰賴一般民眾的好意協助，使用民宅。住戶提供客廳供警方使用。客廳有大玻璃窗，窗外是陽台。

陽台被堅固的水泥牆所圍繞，感覺足以防彈。調查員在陽台立起三腳架，裝上望遠鏡。

也設置了攝影機。雖然要牽電話線，但作業員還沒有到。不過現在跟以前不一樣，由於每一名調查員都有手機，即使電話專機牽得慢一點，也不會造成太大的影響。

客廳的沙發和咖啡桌都挪到角落。餐桌擺上電腦和無線電機等設備。

無線電人員已經守在那裡了。

龍崎站在門口附近看著調查員的行動。不愧是ＳＩＴ，動作十分俐落。一定是平日訓練的成果。

前線本部逐漸整頓完成。客廳有電視，有調查員盯著畫面，是ＮＨＫ台。他在看新聞，確定有多少訊息已經流出去了。歹徒也有可能正在看電視。

前線本部必須管控資訊。龍崎第一個想到的是這件事。如果媒體將現場的情報任意散播出去，警方的一舉一動將全部為歹徒所知悉。

ＳＩＴ的下平和強行犯係的小松係長一起來到前線本部辦公室。下平看到站在門口的龍崎，露出驚訝的樣子。

「請坐那邊的沙發。」

「不，我盡量不想影響調查員。」

「署長當然是這裡的本部長。」

「這不重要。ＳＩＴ是這類案件的專家，ＳＩＴ應該主導指揮。」

「第一次有轄區署長這麼說。」

這似乎是下平的真心話，但小松卻不知為何露出不悅的表情。
「媒體要處理一下。警方的布署可能會被電視台拍到。」
「這部分交給指揮本部吧。現場沒辦法管控媒體。」
「好。我叫部長去辦。」
「叫部長去辦……？」下平露出訝異的表情。「署長是說刑事部長嗎？」
「沒錯。我打電話給伊丹。」
「這樣啊，原來您就是……」
下平目不轉睛地看著龍崎。
「怎麼了？」
「我聽說有一名轄區署長是從警察廳調來的，是伊丹部長的同期……」
「沒錯，我跟伊丹是同期。」
「而且是兒時玩伴？」
說這種話的人，都一定會誤會龍崎和伊丹是至交好友。兒時玩伴，又是同期，他們深信這樣的兩人必定有著深厚的情誼。

「只是小學剛好同班而已。」

龍崎取出手機，打到伊丹的手機。

「龍崎嗎？怎麼了？」

「得管控一下媒體。現場上空有直昇機在飛。」

「真糟糕……我知道了，我會要求各媒體節制報導。」

「要盡快。機動隊馬上就要趕到了。要是被歹徒在電視上看到，有可能一時衝動，加害人質。」

「我立刻安排。刑事課長一個人回來了，你打算守在那裡？」

「對，我會留在現場。」

「真有一手。署長親上火線，摩拳擦掌準備大肆批評的聲音可能也會收斂一些。」

聽到這話，龍崎很吃驚。

「我完全沒想到這個問題。」

「總之，有你在那裡坐鎮指揮，我也放心了。」

「不，指揮交給SIT。他們才是專家。」

「喂，你要把指揮權交給那個係長？這樣不行。就算是虛銜也好，前線本部的本部長還是得由你來擔任。手中沒有權限，碰上狀況會很麻煩。」

「狀況？」

「現場不知道什麼時候會失控。」

「失控？如果真的失控了，就算我是本部長也沒用吧？」

「所以才要你握好韁繩，免得狀況演變成那樣。」

龍崎不打算改變方針。

「現場由SIT來指揮。要是發生問題……」龍崎微微深呼吸一下。「我來扛責就是了。」

「嗯，就這樣吧。」

電話掛斷了。

看來伊丹還是老樣子，只想著該如何在組織裡八面玲瓏。

最重要的是解決案子吧？

龍崎這麼想，收起手機。

7

「還沒聯絡上歹徒嗎？」

SIT下平係長的聲音在前線本部內響起。一手握著手機的SIT調查員回答：「還沒有人接電話。」

後來歹徒一直沒有動靜。只在晚上九點四十五分左右開了兩槍，後來過了一個小時以上，連一槍都沒有開過。

「有香味。」

晚上十一點十分左右，守在「磯菊」旁邊的調查員透過無線電如此報告。

「香味……？」前線本部的無線電人員應道。「什麼意思？」

「『磯菊』一樓的店面裡頭好像在煮東西。」

調查員跑到陽台，龍崎也在他們後方俯視「磯菊」的一樓部分。確實有燈光。

「因為歹徒和人質都沒有進食……」

一名SIT人員說。

他的同僚應道：「那是小餐館，不必採買，屋裡本來就有食材吧。」

「可能是歹徒要人質做飯吧。」

下平用無線電問：「看不到裡面的情況嗎？」

片刻之後有了應答：「我們用光纖窺視鏡看看。」

光纖窺視鏡是一種鏡頭，基本構造和胃鏡一樣。即使穿過扭曲的細小路徑，也能照常傳送影像。在現場，多半會將影像傳送到電腦。

前線本部也收到了現場看到的相同影像。調查員移動到播放影像的筆電前。

螢幕上的影像意外地清晰。操縱光纖窺視鏡的調查員似乎將鏡頭前端從某處伸進室內了。

「是從哪裡插進去的？」

龍崎喃喃問，SIT的下平立刻回答：「通風扇。」

下平的口吻散發出百分之百掌握部下行動的自信。

畫面約中央處有吧台橫越，下方是廚房。就像下平說的，這個影像應該是從通風扇的某處穿進去的。

畫面慢慢地移動，似乎是調查員正在移動光纖鏡頭。看來有人正在煮東西，疑似男性，應該是這家店的老闆。

「截取畫面。」

下平命令，人員立刻截取影像。

「查出畫面中所有的人物。」

列表機開始嗡嗡作響，吐出幾張正在煮東西的人物照片。

畫面繼續移動，可以看到有兩個人蹲踞在店內。畫面很模糊，勉強看得出是一男一女。

人員也截取那畫面，列印出來。

調查員拿著列印出來的照片出門。準備向周邊鄰居訪查。

不一會兒，無線電便接到聯絡。

「人物身分已經確定。在吧台內煮東西的是『磯菊』的老闆源田清一，五十三歲。店內的兩人，其中之一是源田芳美，四十五歲，源田清一的妻子，『磯菊』的員工。剩下的一人身分不明，疑似歹徒。重覆一遍，在吧台內煮東西的是……」

無線電人員回應：「前線本部收到。」

無線電內容立刻傳送至指揮本部。列印的時候，相同的照片資料也傳送到指揮本部了。

指揮本部的特命班應該會立刻查證剩下的一名人物是否為歹徒，屆時就能知道歹徒的姓名。知道姓名，就可以查出生平等資料，對談判將大有助益。與一無所悉的對象談判，和有某程度了解的對象談判，難易度是天差地遠。兇手的身分追查交給指揮本部就行了。前線本部必須盡全力平安救出人質。

機動隊已經抵達現場，鞏固周邊。注意到的時候，直昇機的聲音消失了。

是伊丹通令各媒體了吧。

人質事件嚴重性僅次於綁票案，必須極審慎地應對。因為和命案不同，人質事件、綁架案及劫機劫車案等等，是現在進行式的案子。

發生綁架案時，會立刻與各媒體簽定報導協定。人質事件也需要同等的報導限制。

下平詢問SIT調查員之一：「是哪裡的機動隊？」

「品川那裡派來的，應該是第六吧。」

下平的表情頓時沉了下來。

「第六……？」

回應的SIT調查員表情也同樣凝重。

第六機動隊有什麼問題嗎？龍崎感到好奇，但他現在不想提出多餘的問題，打擾下平。

約十五分鐘後，指揮本部用無線電聯絡了。

「畫面中不明人物的身分已經確認。瀨島睦利，三十六歲。瀨戶內海的瀨、島嶼的島、和睦的睦、利益的利。應是在逃的高輪三丁目消費者貸款公司搶案歹徒之一。」

果然是三名嫌犯之一嗎？龍崎想起伊丹的話。他說大森署在緊急調度中丟盡顏面，漏網之魚的歹徒之一又在轄區內引發人質事件，龍崎的立場將岌岌可危。

感覺第二方面本部的野間崎管理官會歡天喜地地咬住這個機會。

龍崎覺得不是管這種事的時候。

現在必須第一優先考慮的是人質的安全。該如何確保人質安全？得想出對策才行。

「係長……」

SIT調查員呼叫下平。

「怎麼了？」

「機動隊的小隊長說有話要談……」

「小隊長……？六機的小隊長？」

「是的。第六機動隊的第七中隊。」

「果然來了……」

下平的表情更苦澀了。第六機動隊到底有什麼問題？SIT調查員的表情全都緊張起來。

龍崎因為盡量不想打擾，克制著不插口，但這時實在不得不問了。

「第六機動隊的第七中隊怎麼了嗎？」

下平回答：「署長知道，各機動隊只到第六中隊吧？」

「原來如此……」聽到這話，龍崎想起來了。「是SAT啊……」

下平點點頭。

「我認為SAT想要掌握主導權。」

SIT是刑事部為了處理恐攻、人質、劫機劫車等案件而設立、並勤加訓練的單位，但警備部裡也有一個目的幾乎相同的單位，那就是SAT。

SAT是以德國特種部隊SGS—9等組織為範本的突擊部隊，配備了自動步槍和狙擊步槍為武力。

當然，刑事部與警備部思維不同，處理方式也有所不同。直截了當地說，SIT最大的武器是情報與談判能力，而SAT最大的武器則如同字面，是用來壓制的武力。

「怎麼辦？」

SIT的下平問龍崎。

他似乎把龍崎視為本部長。龍崎當場回答：「你來決定。轄區署長可以做決定的材料太少了。」

「署長不是在警察廳待了很久？」

或許下平把龍崎的話當成了挖苦。

「所以我不了解現場。」

下平點點頭。

「好的，那麼我來和SAT談。請署長聆聽雙方說詞，做出決定。」

確實，要係長和小隊長爭奪現場主導權太殘酷了。應該由龍崎做出裁決才對。

「好。」

下平要調查員找來SAT小隊長。一名身穿護具的精悍男子現身。他們的裝備確實與一般機動隊不同，輕量許多，充滿實戰感。比起警察，更接近軍隊。

「我是第六機動隊的石渡。」

「小隊長對吧？」下平確定。

「沒錯。」

這下便清楚兩人的階級差不多同等了。在警察組織裡，係長和小隊長是同級。

石渡小隊長未等下平下一個問題，便俐落地說：「我已經把部下安排在必要的位置。必要的時候，立刻就可以突擊，也已經做好狙擊的準備。」

「我們正試著與歹徒接觸。」

「這表示尚未聯絡到對方？」

「我們正在打電話，但沒有人接聽。」

「也不清楚人質是否安全？」

「不，這一點已經確定了。我們使用光纖窺視鏡，確定其中一名人質正在煮飯，另一名人質目前也平安無事。」

「煮飯……？」

「似乎是歹徒要求的。那是一家小餐館。」

「那沒辦法讓調查員偽裝成外送人員，和歹徒接觸囉？」

龍崎想，也許這話是在揶揄SIT。因為這是戲劇中常見的手法。下平當然應該發現了，卻平靜地回答：「沒錯，不能用那一招。」

「我聽說歹徒有槍，而且可能有十發以上的子彈。」

下平點點頭。

「守在屋內的歹徒，是白天高輪的搶案犯人之一。」

「我聽說那起搶案已經有兩名歹徒落網了……」

「沒錯。屋內歹徒的情報，也是那兩個人提供的。歹徒名叫瀨島睦利，三十六歲，原本從事金融業，目前失業。」

「無從談判的話，也無計可施。請設法聯絡上歹徒。」

「我們會讓電話持續響著。」

「你們把時限設定在什麼時候？」

「這個嘛……」SIT的下平想了三秒後回答：「三天。」

「太久了。人質撐不了那麼久。」

「我們充分考慮過了。這是周邊訪查問到的結果，兩名人質都沒有宿疾，從年齡來看，撐上三天應該沒問題。在人質事件裡，歹徒的體力消耗得比人質更厲害。歹徒三十六歲，還很年輕。綜合考慮這些條件，我判斷時限是三天。」

換句話說，下平的意思並非花上三天也無所謂。他只是正確地回答石渡的問題。

「速戰速決。」石渡說。「我認為這樣才能確保人質的安全。」

「我們當然也這麼認為。目前最重要的是聯絡上歹徒。」

「不應該視為歹徒拒絕與警方接觸嗎？」

「人質事件的歹徒，一定會與外界接觸。對歹徒來說，他們只有電話這個工具。」

「那為什麼這個歹徒不接電話？」

「還不清楚。」

「不是一句不清楚就可以算了的吧？」

「我們不能單憑臆測行動。」下平的話讓人感到專業。他不是說「我不知道」，而是「還不清楚」。換句話說，也許遲早會知道答案，只是現階段還不明朗。比起明明不清楚卻隨意評論，這樣的態度更正確多了。

但石渡的說法也不是不能理解。

剩下的時間有限。拖得愈久，狀況就愈緊迫。

人質的耗弱令人憂心，歹徒也有可能自暴自棄。

如果繼續聯絡不上歹徒，也必須考慮採取強硬手段。這意味著主導權將從下平交到石渡手上。而石渡顯然想要主控全局。SAT想要功績。

SAT是在一九九五年函館機場發生的全日空劫機事件中廣為世人所

知。此後他們身為警方的反恐部隊，極力保密裝備與訓練內容，並努力留下成績。

待過警察廳的龍崎很清楚它成立的背景。自從一九七七年卡達發生的日本航空劫機事件後，政府便計畫成立突擊型的特種部隊，但遭到社會黨強烈反對，最後作罷。同年，警視廳（註：以東京都為轄區的警察本部。因東京都為首都，地位特殊，故異於其餘道府縣之警察本部，稱警視廳）與大阪府警祕密組織了SAT。

等於是國家把沒做成的事，推給地方政府去做。

就這樣，SAT誕生於政府的虛與委蛇之中。另一方面，每當發生綁架案或企業恐嚇案，SIT便躍上舞台，大展身手，樹立起口碑。想必每天接受嚴格訓練的SAT隊員累積了不少鬱悶。

即使不到大受矚目，希望廣受社會認知，也是人之常情。

「我們得等上多久？」石渡的口吻強硬了些。

下平依然冷靜地答道：「要看歹徒如何回應。目前我只能這麼說。」

「那樣有可能太遲了。」

「不能有人員傷亡。這是我們的立場。」

「我們也是一樣。」

下平看龍崎。

「怎麼辦？」

石渡訝異地看向龍崎，那反應就像是這才發現龍崎的存在。

下平對石渡說：「這位是前線本部長，大森署的龍崎署長。」

石渡敏捷地舉手敬禮。一般沒戴制帽時，都是鞠躬行禮。但穿戴上裝備的SAT，似乎是採用舉手禮。

下平先抵達現場，充分掌握狀況。而且SIT平素累積訓練，就是為了處理綁架案及挾持人質的據守事件等犯罪。

相對地，石渡也對解決事件自信十足，他似乎強烈地認為為了人質的安全，最好速戰速決。

雙方都有道理，同時立場也都可以理解。龍崎陷入兩難的抉擇。但他平日就有所自覺，管理階級就是為了在這種艱難的局面做出決定而存在的。

有必要冷靜思考。龍崎問石渡：「採用你們的方法，人質遭遇危險的可能性有多大？」

「我們可以運用紅外線感應器，偵測屋內人員的行動。可以將人質死傷的機率降低到百分之十以下。」

一成啊。龍崎尋思。這種情況的一成，意味著多大的危險？他毫無真實感。這種時候就應該請教專家。他問下平：「關於這一點，你有什麼意見？」

「原則上，必須百分之百確保人質安全。」

「我想聽你的真心話。」

下平考慮了幾秒。

「一成以下這個數字，我覺得不壞。」

龍崎再問石渡：「剛才下平說時限是三天，但你認為太長。最大的問題是什麼？」

「有兩個問題。第一點是剛才說的人質的體力消耗，第二點是狙擊隊的專注力。隨著時間經過，狙擊隊的專注力也會下降。換句話說，成功率也會降低。」

「如果讓他們輪流休息呢？」

「我們當然會輪流休息。但是在現場待上好幾個小時，還是會無法保持專注。狙擊是連毫釐之差都不能允許的。」

該聯絡伊丹請求指揮本部下達指示嗎？這個念頭一瞬間掠過腦際。大部分的警察都會認為應該這麼做。畢竟把責任推給指揮本部更輕鬆多了。

但如此一來，前線本部就沒有意義了。而且指揮本部應該匯聚了各種情報、一片混亂。

現場的問題，現場自己思考。這種臨機應變的態勢，是龍崎的理想。

「先抵達現場，成立前線本部的是SIT，因此我們大森署也聽從SIT的下平指揮。機動隊完全是應前線本部的要求而出動的。因此石渡，你們的機動隊也請遵從這樣的原則。」

石渡表情嚴峻地瞪著龍崎，但沒有反駁。

「不過……」龍崎接著說。「如果狀況改變，就不一定如此了。下平說時限是三天，但我不打算讓事件拖這麼久，若明早之前無法聯絡上歹徒，就視為歹徒拒絕談判，將SAT突擊納入考慮。請隨時待命。狙擊手是重要的角色。請充分思考怎麼做才能徹底發揮能力。」

敵意從石渡的眼神消失了。

「好的。」

他敬禮之後，離開前線本部。

「突擊對人質很危險。」

確定石渡離開後，下平對龍崎說。

「淺間山莊（註：淺間山莊事件，發生於一九七二年二月，五名連合赤軍成員在長野縣的渡假山莊挾持管理員之妻為人質，據守在山莊內，與警方展開槍擊戰）那時候，最後還是發動突擊了。不逮捕兇嫌，事件就無法落幕。」

下平什麼也沒說。

碰上這種事件，刑事部和警備部的處理方法就是會出現岐異。刑事部重視的是逮捕兇嫌。老套點說，因為刑警的工作就是逮捕嫌犯。

這時日本電信電話公司的職員總算抵達，開始進行裝設專線的作業。龍崎看著，湧出似乎會演變成持久戰的不祥預感。

電話很快就裝好了，SIT調查員對「磯菊」打電話的作業，從手機變成了專線。

專線裝設了同步錄音機。錄下的通話，能夠透過前線本部的擴音器播放給在場所有的人聽到，也能直接用無線電傳送到指揮本部。指揮本部也可以同樣用擴音器聆聽通話內容。

「磯菊」裡，電話一定正響個不停。龍崎擔心，希望鈴聲不會為歹徒的煩躁火上加油。他甚至懷疑讓鈴聲響個不停是否太危險了？

但這是專家SIT的行動。這應該是最好的做法。

仔細想想，除非和歹徒取得連繫，否則無從著手。現在不是江戶時代，不能不分青紅皂白先宰了歹徒再說。

能說服歹徒是最好的。而SIT應該精通說服技巧。若無法交談，就無法展開談判。剛才下平斷定歹徒一定會和警方接觸，還說對歹徒來說，唯一能仰賴的工具就只有電話……

龍崎認為言之有理。

歹徒已經無路可逃了。「磯菊」周圍被警方團團包圍。接下來應該就只剩下討價還價。

但人類，尤其是罪犯，經常沒辦法像這樣進行合理的思考。一個人如果能做出合理的判斷，就根本不會染指犯罪了。至少不會做出這樣的選擇。

也有人認為大部分的罪犯是弱者。他們主張社會上的弱者會被逼上犯罪一途。簡而言之，就是沒有其他選擇的餘地，才會犯下罪行。

龍崎認為這簡直胡扯。

不是所有社會上的弱者都會變成罪犯。無法遵守所屬社會規範的人，沒有資格隸屬於這個社會。這就是規則。

警察等司法調查人員就是為了守護這個規則而存在的。龍崎向來把這樣的原則奉為圭臬。

罪人必須受罰。但是在做出懲罰以前，必須查明所有的相關事實。

錄音機突然啟動了。擴音器傳出電話接通時獨特的雜音。打到「磯菊」的電話被人接起了。

前線本部裡一陣緊張。

「喂……？」調查員出聲。

「吵死了！不要再打來了！」擴音器傳出凶狠的吼聲。

緊接著電話掛斷了。

前線本部內，每個人都停下了動作。負責電話的調查員看著下平。

下平說：「繼續打。」

「好的。」

電話人員繼續按下重播鍵。

龍崎的手機震動了。有來電。是伊丹打來的。

「剛才那是怎麼回事？」

「不清楚。」龍崎回答。「我們再打過去。」

他掛了電話問下平：「指揮本部要求說明。剛才的反應是怎麼回事？」

下平看起來很冷靜。

「這顯示歹徒十分煩躁。」

「電話一直響個不停，歹徒一定被吵得心神不寧。或許也會對人質造成心理負擔。是不是不要再繼續刺激比較好？」

下平搖頭。

「讓電話響，是在傳達我們想要溝通的意願。對歹徒來說，這意味著事情還有談判的餘地。如果在這時候停止打電話，歹徒可能會感覺到疏離，這樣反而危險。對人質來說也是，如果停止打電話，他們可能會覺得自己被放棄了。我們做出表示是很重要的。」

「但是對方叫我們不要打了，這不是表示他拒絕談判嗎？」

「不，他只是想要站在優勢。那等於是在說：我可不想談，但你們無論如何都想談的話，也不是不能談。我想他應該很快就會接電話了。」

「你的判斷不會錯吧？」

「是的。」

龍崎打給伊丹。響一聲就接通了。

「怎麼樣……？」

「SIT的係長說，對方拒絕通話，是想要取得優勢。」

「電話打多久了？」

龍崎看時鐘。十一點五十分多一些。

「快兩小時了。」

「打了快兩小時的電話，歹徒總算接了，卻叫你們不要再打，立刻掛了電話……我覺得這個發展不太樂觀……」

「這類案件有樂觀的發展嗎？」

「我是說，這個判斷會不會是錯的？」

「我不認為。」

「所以你認為SIT的做法正確？」

「目前沒有理由質疑他們的判斷。」

「聽到這話我就放心了。」

「什麼意思？」

「SAT去那裡了吧？」

「對。」

「我不想讓警備部掌握主導權。我要在刑事部主導下解決這起案子。」

又在搶地盤？

「喂，那種事情拜託在本廳搞就夠了。」

「我也有立場要顧啊。再見。」

電話掛斷了。

「磯菊」有人接電話以後，過了十五分鐘。後來毫無回應。已經過了午夜零時。

下平說，打電話能讓歹徒和人質放心，但龍崎漸漸擔心起是否反而只是徒增壓力？

又過了十分鐘。沒有任何進展。

手機又震動了。以為是伊丹，但看看螢幕，是女兒美紀打來的。現在狀況緊急，家人卻來電，龍崎的口氣忍不住變得不悅。他不想在最前線作戰時聽到家裡的事。

「怎麼了？」

美紀的聲音明顯驚慌失措。

「媽吐血倒下了。我叫救護車了。」

瞬間，龍崎無法理解女兒說了什麼。腦中沒有類似的記憶，他無法參考。

「你說什麼……？」

「媽倒下了。我叫救護車送媽去醫院。」

龍崎覺得彷彿後腦被重毆了一記。

「好。」他勉強擠出這句話。

「總之我會陪媽去醫院……」

「好，就這麼做……抱歉，爸現在沒辦法回去。」

「再見。」

「啊，等一下……」龍崎也慌了。「你媽現在怎麼樣？有意識嗎？」

「有意識，可是很痛的樣子。啊，救護車來了，我要走了……」

「在醫院檢查出什麼，再通知我。」

「好。」

電話掛斷了。

美紀的聲音背後傳來救護車的警笛聲。

龍崎握著手機，陷入茫然。

8

即使想要思考，思緒卻一片渙散。

幸而現場一切由下平指揮，龍崎不必下什麼指示。

龍崎向來認為，家裡和孩子的事都交給妻子冴子處理，所以他才能盡到國家公務員的職責。

國家公務員應該為國家犧牲個人，就像戰國時代的武將。若是為了家庭操煩，就無法全心全意投入公務。

因此他認為妻子扮演的角色很重要。而現在妻子病倒了。他覺得彷彿腳下的地面整個垮掉了。

美紀說冴子吐血倒下，他覺得這個症狀十分不尋常。妻子究竟出了什麼事？他想盡快得知詳情。

後來美紀再也沒有聯絡。接到電話後，已經過了二十分鐘以上。時鐘指著深夜十二點半。

今早妻子說她不舒服。那個時候就算用逼的，也應該叫她去醫院的。事到如今想這些都沒用了。總之先等美紀聯絡吧。直到剛才還占據了龍崎整個世界的前線本部好似一下子遠離了。

調查員撥打著專線，那身影感覺異樣地遙遠。下平看著電話人員，偶爾用無線電與地上的人員聯絡，確認狀況。那聲音聽起來也遙遠得詭異。

不能這樣。

龍崎設法激勵自己。

必須更專注在案子上……

但他忍不住想起妻子剛才的模樣。她說沒事，只是在逞強嗎？或者本人也覺得症狀不嚴重？

生病的時候，大多數的人都希望只是小毛病，然後做出錯誤的判斷。

一道乾燥的爆破聲響起，一下子把龍崎拉回了現實。調查員全都搶到陽台去。

打電話的調查員也拿著話筒，看著陽台。下平正大聲對無線電說話。

是槍聲。歹徒好像又開槍了。

「什麼狀況？是歹徒開槍嗎？」

下平的嚷嚷總算帶著意義傳進龍崎的耳中了。

「二樓窗戶傳出槍聲。重複一遍，二樓窗戶傳出槍聲。有人朝戶外開槍。」

底下的調查員回覆無線電說。指揮本部應該也接收到這段無線電內容了。

SAT的石渡出現在門口。

「第三次開槍了。這樣下去有可能出現死傷。請同意隊員開槍。」

石渡的強勢，需要花相當的精力才能擋下。瞬間龍崎猶豫了。若同意SAT開槍，就無法撤回了。但歹徒有槍，而且已經開了三槍。不能讓包括警察在內的人員有任何傷亡。

海外的執法人員經常質疑，日本警察配槍有何意義？槍就是用來射擊的。而現在狀況十萬火急。

龍崎回答：「好，我同意開槍。」

原本的話，或許應該徵求刑事部長兼指揮本部長伊丹的意見。但龍崎判斷現在沒那種餘裕。

石渡立刻取出無線電，當場同意所有的SAT隊員用槍。這一瞬間，龍崎感到四下變得硝煙味十足。氛圍確實改變了。

是一種案件現場變成了戰場的感覺。

下平一語不發，聽著這段對話。石渡離開房間後，下平開口：「還有說服歹徒的餘地。」

「我知道。」龍崎回應。「我並不是下令突擊，只是同意用槍。」

電話人員繼續打電話到「磯菊」。下平顯露出前所未見的焦急。龍崎猜想，也許是因為他的預測失準了。

A方案不通，就改採B方案。同意SAT用槍的階段，就應該視為主導權轉移到SAT手上了。

伊丹的話忽然掠過腦海。

不關我的事。龍崎想。首要之務是解決案件。只要盡速處理掉這起案子，就能盡快趕到妻子送醫的醫院。

「為什麼……」下平說。「為什麼歹徒不接電話？」

龍崎可以感覺到下平想要生擒歹徒的熱忱。但也許狀況比下平所估計的還要糟糕。

歹徒是想，與其被生擒，倒不如讓人收屍？這個可能性很大。如果夠冷靜，就知道與其送命，被生擒更要好多了。

但歹徒現在應該處於極限狀況。面對這種狀況，人有時候會做出最糟糕的選擇。人真的是一種神祕莫測的生物，無法光憑邏輯來解釋人的行動。現在據守在「磯菊」裡的歹徒，有可能已經覺悟到一死。若是如此，或許就沒有談判的餘地了。

無線電人員看龍崎說：「SAT石渡小隊長透過無線電找本部長，希望同意突擊。」

下平立刻看龍崎。

「還太早。」下平拚命地說。「歹徒應該還有十發左右的子彈，如果現在突擊，會造成雙方莫大的死傷。」

龍崎尋思起來。若是在這時候做出錯誤的判斷，將不可挽回。

「指揮本部無線電聯絡。」無線電人員又說。「指揮本部長找前線本部長，要求透過手機聯絡。」

龍崎立刻打給伊丹。

「我們聽到SAT的無線電，要求突擊？你打算怎麼做？」

「我正想問你的意見。」
「不要讓SAT亂來。這不是恐攻，也不是劫機。」
「但歹徒挾持人質，可以說形同劫機。」
「SIT不是在那裡嗎？」
「歹徒不肯接電話。你也聽到剛才的應答了吧？」
「沒有電話以外的方法了嗎？」
「等一下，我問SIT的下平係長。」
龍崎拿開手機問下平：「伊丹部長詢問有沒有打電話以外的方法？」
下平當場回答：「可以用大聲公來喊話。」
「成功的機率有多少？」
下平語塞了一下。可能是難以判斷。
「考慮到歹徒不肯接電話，即使用大聲公喊話，也難說會有反應。」
龍崎把話傳給伊丹。
伊丹呻吟了一下。

「突擊訓練的話，SIT應該也接受過。」

這話令龍崎吃驚。

「SAT也在場，他們才是突擊的專家，沒道理要他們待命，叫SIT進行突擊。」

龍崎和伊丹說著，思路漸漸清晰起來。

透過談判，讓歹徒投降，平安救出人質，這是最理想的發展。因此他才會把指揮交給SIT的下平係長。

但狀況改變了。歹徒不僅不回應談判，還不接電話，甚至再開了一槍。

考慮到人質的安全，不能再繼續磨蹭下去了。

伊丹說：「你打算同意SAT突擊？」

龍崎果決地說：「我準備這麼做。」

他察覺下平等SIT調查員都當場僵住了。

短暫的沉默。接著伊丹說：「那是身在現場的你的判斷。聽好了，我的建議是交給SIT處理。但你不肯聽從，決定動用SAT。這一點你可別忘了。」

「建議？」龍崎困惑。「這是什麼話？你是指揮本部長，你大可以下令的。」

伊丹不回答這個問題。

「聽到了嗎？派SAT突擊，完全是你這個前線本部長的決定。」

龍崎悟出來了。伊丹的言外之意是，這起事件不管怎麼落幕，責任都在龍崎身上。

很好，責任我來扛就是了。

「我知道了。」

龍崎說，掛了電話，立刻命令無線電人員。

「呼叫SAT石渡小隊長，轉告他我依前線本部長的權限同意突擊。但千萬要小心人質的安全。」

「了解。」

龍崎的命令轉達給SAT了。

接下來只能靜觀其變。SIT的下平取下了耳麥。龍崎見狀說：「你們並沒有被調離現場，能做的事還是要做。繼續打電話。」

下平一陣猶豫，接著振作起來，重新戴上耳麥。電話人員繼續重撥電話。

龍崎看著，又想起離家前妻子的身影。

凌晨一點。同意SAT突擊後，約二十分鐘過去了。

SAT頻繁地透過無線電聯絡本部。他們似乎正以紅外線感應器和收音麥克風探查室內人員的動向。也有來自狙擊手的聯絡。

前線本部收到的無線電，也會同時傳到指揮本部。伊丹應該也在指揮本部聆聽無線電。

SAT並沒有急於行事。龍崎很佩服，他們不愧是訓練精良的部隊。從無線電聽來，他們的行動十分謹慎。

機動隊的一支小隊由三支分隊構成，每支分隊又由一名分隊長及四名隊員構成。SAT也是一樣。

現在各分隊上下左右包圍了「磯菊」。換句話說，一支分隊在地上鞏固周邊，兩支分隊爬上二樓，伺機從窗外突擊。

此外，各分隊都有狙擊手，現在共有三名狙擊手從不同的位置瞄準了「磯菊」的窗戶和出入口。狙擊手的位置沒有報告給指揮本部和前線本部知道。

因為無線電有遭到攔截的可能。狙擊手對SAT來說也是最後手段，他們不想冒任何風險，被歹徒得知這張王牌。

前線本部裡，SIT調查員繼續努力和歹徒聯絡。龍崎打算如果和歹徒取得聯絡，就立刻中斷SAT的突擊行動。

歹徒就是不接電話。

龍崎要自己身在前線本部時忘掉妻子，專注在案子上。他聆聽無線電，努力注意下平的行動。

然而腦袋就是甩不開生病的妻子。無論如何就是無法全神貫注在案子上。

「不太對勁……」下平喃喃說。

龍崎正在盤算要不要打電話給美紀，忍不住赫然回神，望向下平。

下平露出沉思的樣子。

龍崎問：「哪裡不對勁？」

「呃，這樣說或許聽起來像藉口，但挾持人質關在屋內的歹徒這麼久都不接電話，非常反常。」

「剛才不是接過一次電話嗎？表明他不願意談判。」

「不，接過一次電話的歹徒，就一定會再接。然後接電話的間隔會愈來愈短，最後保持通話不掛斷，這才是一般模式。」

「不是每一個案例都符合這個模式吧？」

「這類犯罪模式非常固定，一成不變到了不可思議的地步，所以我們特殊班也才能做出成果。」

龍崎不認為下平這段話有何重要。犯罪者五花八門，有符合典型犯罪模式的人，當然也有例外。

他覺得只是這次剛好碰上例外罷了。

「建築物裡好像有人在爭吵。」

有人透過無線電報告。應該是SAT隊員。

前線本部內的緊張升高了。每個人都不敢動彈，聽著無線電的聲音。

龍崎開口：「轉告石渡小隊長，突擊時機由他決定。」

無線電人員立刻轉達。龍崎以為伊丹又會來囉唆，但幸好沒有無線電或手機找他。

「還沒……」無線電傳來石渡的聲音。「繼續待命，不要行動。」

又一道槍聲響徹四下。

「行動，突擊！」

無線電響起石渡的叫聲。外頭一片騷亂。玻璃破碎聲、木材斷裂聲、東西翻倒的聲音，接著是怒吼和不絕於耳的腳步聲。

龍崎離開前線本部，前往地上。明顯異於先前手槍的槍聲連續響了一陣。應該是SAT以半自動方式擊發衝鋒槍。

SAT配備德製衝鋒槍一事，現在已經廣為人知。

大森署的強行犯係人員聚集在「磯菊」稍遠處，茫然注視著門口。他們也是第一次親眼目睹SAT的突擊作戰。

門口拉門整個被破壞了。應該是SAT突擊時弄壞的。龍崎祈禱日後不會為了門的賠償問題與老闆起糾紛。

破門的是隸屬於本廳的機動隊，但會不會是轄區警署要負責賠償……？

比起人質的安危或歹徒是否落網，居然擔心起這種問題，龍崎對自己搖頭。

沒多久，門裡傳來「壓制」的聲音。幾名人員陸續叫喊。

是在傳令、複誦。

「不叫逮捕，叫壓制唷……？」戶高部長刑警嘲諷地說。「簡直就像軍隊。」

「沒錯。」龍崎說。「因為他們和德國特種部隊一起受訓。」

戶高驚訝地看龍崎。應該不是在為龍崎說的內容驚訝。SAT和德國殊特部隊一起受訓的事，是警界眾所周知的事實。他是在驚訝龍崎居然在這裡。

龍崎走出去尋找石渡。

石渡在門口旁邊指揮。

「人質平安嗎？」龍崎問。

「平安無事，已經受到保護。隊員正陪他們出來。」

「歹徒呢？」

石渡支吾了一下，然後下定決心似地，以明確的口吻說：「倒在地上。現在正在確定生死。」

歹徒在槍擊戰中遭到槍擊。這要是好萊塢影集或電影，這下案子就落幕了，但是在日本警界，人死了比活著落網更麻煩。

龍崎預期到接下來的種種麻煩，心情不禁暗澹起來。

總之人質平安無事。這是不幸中的大幸。

9

前線本部展開撤收作業。龍崎先向提供公寓客廳的年輕夫妻致謝。那對夫妻很興奮，不僅不嫌麻煩，反而對這番體驗開心不已。

也許他們是懸疑影集的愛好者。這類好奇心對警方很有幫助。

龍崎看著調查員收拾機材，將沙發桌子回歸原位，打手機給美紀。

電話傳來語音，表示未開機或人在收訊不到的地方。

因為在醫院，所以關機了嗎？醫院基本上禁止使用手機，因為可能會影響到心律調節器或其他電子儀器。

連妻子被送去哪一家醫院都不知道。他已經交代過，若要就醫，就去警察醫院。但他不清楚美紀是否告知救護車人員了。

龍崎想打電話到警察醫院，但不知道號碼。他平常沒機會上醫院，所以也沒背號碼。雖然可以打給查號台等等，有許多方法可以查詢，但等美紀聯絡應該比較好。

前線基地在凌晨一點半左右開始撤收。比起設置，撤收更要快速許多。客廳幾乎恢復原狀了。

人質夫妻與歹徒被不同的救護車送去醫院了。

兩名人質似乎沒有受傷，但需要心理上的照護。龍崎忽然想到，也許他們被送到和冴子一樣的醫院。

至於歹徒，需要醫師證明死亡，也需要在文件上填寫死亡時間。醫師認定的死亡時刻將成為法律根據。歹徒在現場遭到射殺的情況，不同的醫師有不同的做法。有些人會聽陪同的警察說明狀況，填入警方確定歹徒死亡的時刻，也有些人會透過法醫學檢驗，驗出推定死亡時刻填入。

今天這情況，不論何者，差異應該都不大。從狀況來看，歹徒的死亡時刻應該不會有爭議。只要文件都齊全就沒問題了。

這一點交給指揮本部就行了。管理官都在，文書工作對他們是小事一樁。

SAT結束任務後，就像什麼事也沒發生過，迅速撤離了。這種作風也彷若軍隊。

SIT的下平很沮喪。

龍崎收起手機，走近下平。

「辛苦了。」

下平垮著肩膀說：「結果不如預期。」

「你做得很好。損害能控制在最小，都是因為你們SIT做出明確的指示。」

「如果能夠，希望能毫髮無傷地逮捕兇嫌……」

「人質平安無事，警方也無人死傷。以結果來說很好了。」

「聽到署長這麼說，我心裡也好過一些了。」

這時大森署的戶高部長刑警過來了。他一臉狡詰地看著下平。

「我們進行現場勘驗，結果發現疑似歹徒持有的手槍有一些問題。」

下平一臉訝異地轉向戶高。

龍崎也對戶高意有所指的語氣感到懷疑。

「發現什麼問題？」龍崎問。

戶高露出有點看好戲的表情回答：「手槍裡沒有子彈。是空的。」

「什麼？」

「貝瑞塔的彈匣是空的。換句話說，歹徒早就把子彈射光了。」

龍崎說：「我們接獲的情報指出，歹徒持有十發以上的子彈。」

「看來那情報錯了。」

戶高哼笑一聲。

那完全事不關己的態度，就好像在對本廳人員誤信假情報幸災樂禍。轄區與本廳之間微不足道的對立對他們來說很重要。由於過度執著於這一點，他們忘了自己也是警察的一分子。

他們沒有自覺，對世人來說，這就是警方全體的過失，而他們也是犯錯的警方一員。

跟這種人攪和也只是浪費時間。

「沒找到其他子彈嗎？」

「不是沒找到，是根本沒有。歹徒從頭到尾就只有四發子彈。」

「你能斷定嗎？」

「我們還知道怎麼搜查現場好嗎？」

戶高是在對SIT和SAT來了以後，強行犯係一直被趕到現場角落感到不滿嗎？這名巡查部長似乎連角色分配的概念都沒有。

不檢討自己的能力，只知道對本廳人員主導場面憤憤不平。龍崎完全目瞪口呆了。

不能把重要任務交付給這種刑警。任何人都會這麼判斷。

「我知道了。這件事我會報告給指揮本部。」

龍崎以為這樣說就結了，沒想到戶高繼續說：

「這形同SAT那夥人射殺了手無寸鐵的歹徒。」

龍崎對下平說：「接獲歹徒持有的手槍彈匣及預備彈匣沒有子彈的情報，把時間記錄下來。」

下平看了時鐘。

「凌晨一點三十五分，已記錄。」

龍崎對戶高說：「還有什麼要報告的嗎？」

「沒有了。」

戶高離開兩人。

下平說要去指揮本部，龍崎決定搭便車。署長座車已經讓關本刑事課長開回署裡了。

龍崎想再打一次電話給美紀，但結果一直到抵達大森署，都沒有機會拿出手機。

大森署的禮堂呈現輕微騷亂。是極度緊張一口氣鬆懈後出現的解放混亂。課長和管理官等平日不苟言笑的長官們莫名興奮。龍崎難得體驗到這樣的氛圍。

但也並非完全沒有經驗。他以前在大阪府警本部時，也參與過搜查本部。當時破案之後，也經歷了這樣的解放感。

伊丹笑著走過來。

「嗨，前線本部辛苦了。」

下平立正行禮，龍崎只是點點頭。

「總之人質平安獲救，教人鬆了一口氣。」伊丹說。「ＳＩＴ幹得很好。」

下平拘謹地回答：「不敢當。」

「雖然最後由SAT突擊，但率領前線本部的是你們。SAT只是聽從你們的指示，對吧？」

下平瞄了龍崎一眼。龍崎對伊丹說：「如果你想這麼認為，就這麼認為吧。」

「幹嘛一臉陰沉？案子破了啊。」

「歹徒死了。」

「我知道。但是當時的狀況，是情非得已。」

「歹徒的手槍裡沒有子彈。」

伊丹的笑容來不及收回去。

「什麼……？」

「歹徒遭到射殺的時候，子彈已經射完了。」

「我怎麼聽說歹徒持有十發以上的子彈？」

「那則訊息沒有經過確認。」

伊丹的表情頓時肅穆起來，交互看著龍崎和下平。

「什麼時候知道的？」

「鎮壓現場後。」

伊丹看下平，下平公事公辦地報告：「SAT在凌晨一點十分突擊，一點十五分確定救出人質。接下來進行現場勘驗，過程中發現歹徒的手槍彈匣是空的。我們在凌晨一點三十五分接到這個報告。」

伊丹抓住龍崎的袖子，把他拖到房間角落。確定四下無人之後，伊丹說：「這下糟了。光是射殺歹徒就已經在踩線邊緣了，現在發現歹徒的手槍沒有子彈，一定會引發問題。」

「但突擊的時候我們並不知道這個事實。實際上歹徒開了四槍。」

「可是……警方沒有任何傷亡。」

「你這口氣，是說警方應該要有人傷亡才好？」

伊丹板起臉來。

「我又沒這麼說。我只是考慮到輿論的反應。如果警方或一般民眾出現傷亡，才能營造出歹徒凶殘的印象。」

「這名歹徒白天行搶，又挾持人質關在建築物裡。雖然無人傷亡，但歹徒總共擊發了四槍，這還不夠凶殘？」

伊丹想了一下點點頭。

「但警方內部就有人想挑毛病。」

龍崎依序回想起前線本部發生的種種。

「我認為現場判斷並沒有疏失。」

伊丹想要開口，這時龍崎的手機震動了。

「等一下。」

確定來電人，是美紀。

「怎麼樣了？」

「必須住院才行。」

「哪家醫院？」

「警察醫院。不是爸這麼交代的嗎？媽明確告訴救護車人員，要他們載去警察醫院……」

「那你媽的狀況呢？」

「現在還好。」

「怎麼不早點聯絡我？」

「在等檢查結束嘛。」

「是什麼問題？」

「值班醫生說應該是胃潰瘍，但必須更進一步檢查……」

「好。你明天一早還要出門吧？先回家吧。我現在就去醫院。」

「沒關係，明天我剛好不用拜訪公司，我在醫院等爸來。」

「好，我盡快過去。」

龍崎掛斷電話。

胃潰瘍……龍崎沉思。他從來沒有聽過妻子抱怨胃部不適。如果只是胃潰瘍就好了……

有可能以為是胃潰瘍，結果是胃癌。雖然覺得不可能，卻忍不住要去想像最糟糕的情況。

「太太怎麼了嗎？」伊丹表情嚴肅地問。

「有點問題……她說胃不舒服，去警察醫院了。」

「喂。」伊丹閉上眼睛，仰望天花板，就像在責怪龍崎。「這樣三更半夜的？你是說被救護車載去的吧？」

「對，沒錯。我女兒陪著她。」

「那你還在這裡拖拖拉拉些什麼？快點去醫院吧。」

「我想應該先報告。」

「已經報告完了。接下來交給我，你立刻過去。」

龍崎環顧事件落幕，表情明亮的調查員和幹部說：「不好意思，那我先離開了。」

「客套什麼，咱們是什麼交情？」

所以才覺得排斥。

龍崎心裡嘀咕著，離開指揮本部所在的禮堂。

飯田橋的東京警察醫院大門面對的馬路上，家庭餐廳與居酒屋林立。每次在餐飲店的招牌中看見綠色大字的「東京警察醫院」招牌，龍崎都覺得這樣的醫院應該是絕無僅有了。

隔壁是郵局大樓。

龍崎搭計程車到夜間櫃台，亮出警察手冊，立刻就被告知病房所在。

警察醫院現在當然也接受一般民眾看診，也是急診醫院，但這是戰後才有的變革，在這之前，只供警察和眷屬看診。現在警察在這裡也獲得種種優待，很吃得開。

因為建築物老朽，預定在二〇〇八年遷至中野警察學校舊地。大樓內部確實頗為老舊，感覺效率很差。

病房是單人房。龍崎本來以為妻子會在大病房，躺在圍簾隔開的床上，因此有些意外。然後他忍不住猜疑，這樣的安排與妻子的病情是否有關？

「爸……」

美紀發出鬆了一口氣的聲音。

聽到聲音，妻子冴子望向龍崎。

「聽說是胃潰瘍？」龍崎說。「你沒事吧？」

「當然沒事啦。」

聲音聽起來很有精神。正在打點滴。應該是因為藥物發揮作用，但妻子看起來實在太沒事人的模樣，龍崎總覺得好像落了空。

但也許妻子只是在逞強。她應該非常虛弱。

「在鬧到叫救護車之前，早點上醫院就好了。」

「是美紀太誇張了。」

「可是醫生都叫你住院了。」

「醫生說是為了檢查。」

「檢查……？」

「對。明天得吞胃鏡了。還說要做很多檢查……」

「怎麼，原來是為了這樣才住院啊。」

「才不是呢。」美紀說。「媽那時候看起來真的很痛……醫生不是也說得暫時住院一段時間嗎？」

龍崎問冴子：「真的嗎？」

「就說美紀太誇張了啦。好了，媽已經在醫院了，你們待在這裡也沒用，快點回家去吧。」

「美紀回家吧。我暫時待在這裡。」

冴子躺在床上，筆直看著龍崎：「你那邊的人質事件怎麼了？」

「你怎麼知道？」

「就算身體不舒服，還是可以看新聞啊。」

「人質平安救出來了，但歹徒死了。」

「什麼時候的事？」

「剛才而已。」

「那還有很多事情要處理吧？署長可以離開崗位嗎？」

「接下來交給部下和本廳處理就行了。伊丹也來了。」

冴子的眼神變得更嚴厲了。

「你可是一國一城之主，怎麼能任憑外頭的城主在你的城裡亂來？」

龍崎的表情禁不住變得苦澀。

「那種比喻沒有意義。即使少了我，警察體制還是會順利運作。」

「你不是總是說，家裡的事情都交給我，你要為國家奉獻嗎？原來那只是隨口說說？」

「不是那樣……」

「我的事，我自己會顧好。所以你回去署裡吧。現在、立刻。」

龍崎看美紀。

美紀似乎也在等龍崎做決定。

辯不過妻子。如果龍崎說要坐在這裡陪，妻子可能會叫醫院的警衛來趕人。

「好吧。」龍崎說。「看到你這麼有精神，似乎不必擔心。我回署裡了。」

「很好。好好奉獻國家吧。」

10

龍崎在自家讓美紀下車後，回到署裡，指揮本部異於方才，一片悄然。

大部分的調查員都對著電腦製作文件。只要發生案子，警察就得製作好幾種文件。

一般所說的破案，對警察來說只不過是新工作的開始。除非完全移送檢察單位，否則工作不算結束。

而檢察單位要求鉅細靡遺的大小事都要寫成書面報告。警察必須滿足他們的要求。

伊丹已經離開了，幾名管理官也不見蹤影。這裡只剩下SIT的調查員和大森署人員。

「署長……」貝沼副署長露出驚訝的表情。「我以為你已經回家了……」

「只是去辦點事。」

「夫人的狀況還好嗎？」

看來是伊丹多嘴。

「沒事。生龍活虎的。」

「這樣啊……」

「有幾個人知道？」

「咦……？」

「內人被救護車送醫的事，還有誰知道？」

「刑事部長和……」

「除了伊丹以外。伊丹是我告訴他的。」

「我和刑事課長，還有警務課長。」

「轉告他們保密。我不想要署員多費心。」

「也不能那樣，得安排探病等事宜……」

「不必。你該不會想動用公款吧？」

「不是用署裡的錢，是公務員的醫療年金保險。」

龍崎總覺得不太能接受。公務員的福利果然太好了。

「既然是制度，那也沒辦法，但交給警務課長處理就行了。」

「署長夫人住院是大事，不能只有幾個課長知道，而其他課長不知情。」

「內人住院是私事，與公務無關。」

「在警察廳或許是，但轄區是不能這樣的。」

龍崎驚訝地問：「為什麼？」

「警察署是一個向心力極強的共同體，署長就像一國一城之主。城主夫人生病，底下的人不能視而不見。」

一國一城之主……貝沼說了和冴子一樣的比喻。這就是社會上的常識嗎？龍崎無法理解。

他明白警察署署長責任重大，但他也對冴子說過，這樣的類比毫無意義。因為戰國時代的制度和現在的警察組織制度完全不同。

不是龍崎付薪水給署員，轄區也不是他的領土。而且他們也不是與其他警察署敵對抗爭。

這是龍崎的常識，他認為沒必要迎合社會常識。

「內人住院完全是私人問題，你和刑事課長、警務課長三個人知道就好。」

「我知道了。」貝沼還是老樣子，面無表情，也看不出他是否接受了。「既然署長這麼說，我會照辦。但消息是瞞不住的。」

確實，不可能完全保密。這是沒辦法的事，但也沒必要因此大肆宣傳妻子住院的消息。

「先不管這個，作業進行得如何了？」

「再過三十分鐘，應該就大致收拾完畢了。」

看看時鐘。已經快三點了。也就是得忙到三點半左右。明天早上八點就得上班，似乎沒什麼時間睡覺，但龍崎還是想回家一趟。

「不過……」貝沼表情完全不變地說。「伊丹部長說，希望不會演變成麻煩事。」

「麻煩事？」

「因為歹徒死亡了。也許人權團體會為此抗議。」

「人質的生命受到威脅，而警方直到最後一刻，都努力和歹徒談判，最後得到了這樣的結果。我認為這是沒辦法的事。」

貝沼別有深意地沉默了一下，說：「我也這麼認為。」

接下來只能看著調查員作業。下平也默默地看著筆記本和電腦螢幕打字。

在前線本部時，龍崎與下平有一種在危機狀況中萌生的獨特連繫。龍崎也想過是否要找下平說說話，但還是打消了念頭。

他覺得案子結束後，現場的團結意識也不太有意義了。所有的事實被無機質地輸入文件，當時的警官們將分別投入不同的案件。

如同貝沼所預估的，三點半左右，文件便幾乎齊全了。不必熬上一整晚，是因為這起案子算是迅速解決的。基本上會依照時序整理成報告書或記錄，因此案子拖得愈久，文書作業的時間也就愈長。

列印出來的文件堆在龍崎面前。課長已經蓋過印章了。看完這些全部的文件，蓋好署長章，或許天都亮了。但還是非做不可。

到了明天早上，又會有一般文件成堆成堆地送進來。即使案子結束，龍崎與文件的戰爭仍在持續。

龍崎一一瀏覽送來的文件。到了深夜，眼睛變得痠澀。他在警察廳應該已經習慣文書工作了，但當了署長，又有了不同的疲勞累積。而且今天又在前線本部經歷了一番緊張，更是疲倦。

「署長。」

聽到聲音，龍崎從文件堆裡抬起頭來。下平站在桌前。

「我們要告退了。」

「辛苦了。」

下平猶豫了一下，接著說：「很遺憾這次沒能做出令人滿意的結果。」

「這個結果我覺得不壞。我們平安營救出人質了。光是這樣，就不能說是失敗。」

「刑警的工作是逮捕嫌犯，而不是殺害嫌犯。」

「這是理想，但實際上有時無法盡如人意。很多時候只能在有限的條件裡做出最好的選擇。我認為這次就是如此。」

「感謝署長信賴我，將現場交給我指揮。」

龍崎不禁茫然注視下平。

「你們平日就是為了處理這類情況而接受訓練的，交給你指揮是天經地義的事。」

下平似乎微微地笑了。

「原來如此，您果然名不虛傳。」

「名不虛傳的怪人嗎？」

下平沒有回話，深深地行了個禮，率領部下離開禮堂了。

至於大森署員，只要龍崎還待在這裡，他們就不肯回去。龍崎嘆了口氣，對警務課長說：「我一個人也能蓋印章，大家可以回去了。」

課長們面面相覷，似乎不知如何是好。

貝沼副署長說：「我留下來，大家回去吧。明天還得早起上班。」

齊藤警務課長說：「不，我要留下。」

結果關本刑事課長也說：「就算現在回去，才剛到家又得出門，我要留下來跟值班人員一起待在刑事課。」

這麼一來，地域課長也不好回去了。久米地域課長說：「我也留下來。反正地域課是四班制，就當做值夜班……」

隨他們去吧。警察署一天二十四小時都很熱鬧，反倒是晚上比白天還要吵。因為會有五花八門的人被拘留帶進來。

醉鬼叫囂嚷嚷，在署裡繼續吵架；不良少年少女髒話滿天飛。交通課和地域課是輪班制，二十四小時都有人員進出，刑事課和生安課也有值班人員。

龍崎決定專心處理文件。他對瀏覽文件的速度有自信，而且絕對不會重讀好幾遍。他能夠速讀過一遍就確實掌握內容，若非如此，是無法勝任高級事務官的工作的。

東大法律系畢業不是浪得虛名。如果高級事務官的文書處理能力比現在更低落幾個百分點，中央機關的公務可能就會整個當機停擺。

其他國立大學的畢業生或私大畢業生也有優秀的人才，東大法律系只是個標準。但龍崎相信，為了突破難關中的難關，在國小、國中、高中持續備考的忍耐力和專注力非常重要。

連考試都應付不來的人，無法勝任高級事務官的龐雜業務。堆積如山的文件一眨眼就變少了。不經意地抬頭一看，齋藤警務課長正一臉驚訝地看著龍崎工作的樣子。應該是在為他的處理速度咋舌。

五點半的時候，龍崎看完所有的文件，也蓋完印章了。即使是他，也累得不成人形。他自認確實掌握內容了，但沒有餘裕去對照事實。他把重點放在檢查文件內容有無疏漏。

不過重點他確認過了。有一份文件條列了第六機動隊特種部隊突擊的時間、救出人質的時間、確定歹徒死亡的時間，以及確定歹徒的手槍沒有子彈的時間。

應該是下平製作的文件。上面的內容感覺與龍崎的記憶相符。

即使現在回家，也立刻又得出門。平常的話，龍崎也會繼續留在署裡，但他擔心美紀和兒子邦彥。

母親突然住院，或許孩子們會驚慌失措。他想回家一趟，看看孩子們的狀況。

或許還有時間沖個澡。

「我先回家一趟。」

龍崎離開禮堂。

外頭天已經亮了。雖是秋老虎正烈的季節，但這個時間還很涼爽。龍崎一如往常，徒步回家。

一進玄關，疲勞便一下子全壓了上來。強烈的疲倦讓他幾乎連脫鞋子都懶了。

孩子們似乎還在睡。他盡量小聲關上玄關門，前往客廳。

不管龍崎幾點回家，妻子都一定會起身出來迎接。龍崎無意識地尋找妻子的身影。明知道她住院了，但習慣是無法控制的。

龍崎在沙發坐下，差點就要直接睡著。年輕的時候從來不會這樣。

妻子也幾乎不曾生病。彼此都不年輕了。已經到了必須有所自覺的年齡了嗎？

他決定先沖個澡。去到浴室脫下衣服，不經意地瞥向鏡子。裡頭倒映出一個疲憊不堪的中年男子。劉海和側頭部的白髮也開始變得醒目。

「怎麼了？」龍崎對鏡中潦倒的中年男子說。「你不是漂亮地解決了人質事件嗎？應該更意氣風發一點啊。」

總之他沖了澡，心情舒爽了些。他聽說過，沐浴不只是清潔身體，還有活化自律神經的效果。

平常的話，一離開浴室，脫衣處就擺著拿來當居家服的成套運動衣。妻子都會趁他入浴的時候準備好。

當然，現在脫衣處沒有居家服。他必須腰上纏著浴巾，拿著脫下來的西裝和襯衫，前往臥室。

又花了一番工夫，才在衣櫃裡找到送洗回來的襯衫。平常都是妻子幫他拿出來擺好。

龍崎習慣每天早上邊喝咖啡邊讀報。他想在廚房沖咖啡，卻發現自己連咖啡豆放在哪裡都不知道。

咖啡機要放濾紙，但也不曉得濾紙在哪兒。

他正四處開關櫃門、拉抽屜翻找，這時美紀來了。她穿著T袖短褲，好像是睡衣。表情仍惺忪未醒。

「咦，爸什麼時候回來的？」

「剛回來。」

「今天休假？」

「怎麼可能？署長沒有休假。」

「你在做什麼？」

「我想泡個咖啡……」

可能是看不下去父親的狼狽相，美紀嘆了口氣說：「我來吧。」

「不好意思……」

龍崎把廚房讓給美紀，移動到客廳。報紙不在平常該在的地方。平常都是妻子替他放好在桌上。

得到一樓的信箱去拿。雖然麻煩，但他又不想省略每天的儀式，只好離開玄關去拿報紙。

雖說是為了保全考量，但報紙不會送到家門口，實在麻煩。有些公寓好像允許派報員進出，但這裡不行。郵差和派報員都只能進到一樓信箱的地方。

龍崎想著這些事，拿著五份報紙回到玄關時，嗅到咖啡的芳香。

在客廳打開報紙時，美紀用他慣用的馬克杯裝了咖啡端過來。

「謝謝。」

「也要記得跟媽說唷。」

龍崎驚訝地抬頭：「說什麼？」

「醫生說胃潰瘍幾乎都是壓力引起的。」

「壓力……」

「媽一定壓抑著太多事了。」

這話令人意外。

每天在壓力中煎熬的，應該是龍崎才對。他從來沒有想過冴子會有壓力。

美紀說：「我今天還會去醫院。」

「大學的課呢？」

「已經沒課了。今天剛好也沒有要去拜訪公司或參加公司說明會……總之得幫媽拿睡衣、內衣褲跟必要的東西過去。」

確實，這些事龍崎完全幫不上忙。

「不好意思，麻煩你了。」

邦彥也起來了。

「醫院會面時間到幾點？」邦彥也不道早，劈頭就這麼問美紀。

「應該到八點。」

「那我補習班下課再過去。我會問媽有沒有什麼事。」

「是啊。」

邦彥會說這種話，令龍崎驚訝。邦彥幾乎處於繭居狀態，不太跟家人說話。

龍崎向來認為考生就是這樣的。準備大考是一種赦罪券，除了準備考試以外，即使什麼事情都不做，也不會受到責怪。

這麼說來，邦彥說他有話要說，是什麼複雜的事嗎？他說決定要報考一度放棄的東大，龍崎好奇他怎麼會改變心意，卻遲遲撥不出時間聽他說。

龍崎想問問兒子，但邦彥匆匆忙忙出門去補習了。

噯，再找機會談吧。

龍崎想著，眼睛回到報紙上，確定昨天案子的報導。

高輪的消費者貸款公司搶案，以及緊接著發生的逃犯挾持人質據守民宅事件。

每家報紙都以更大的篇幅報導了人質事件，消費者貸款公司搶案則被當成相關報導，沒有觸及太多。

龍崎的手停了下來。

某份報紙下了聳動的標題。

「歹徒彈盡援絕　遭警方特種部隊擊斃。」

他把整則報導從頭讀到尾。

上面提到警方特殊班突擊現場，擊斃嫌犯。當時歹徒持有的手槍已經沒有子彈。

強調沒有子彈這一點，給人觀感很糟。而且報導還提到警方內部應該將會檢討這個做法是否妥當。

龍崎急忙重讀其他報紙。

其他報社的寫法大致中規中矩，體育報甚至把SAT描寫得宛如超級英雄。

只有一家報紙寫出歹徒子彈告罄這件事。

是《東日新聞》。

案子落幕——這次等同於救出人質——是一點十五分的時候。下平明確地這麼說，文件上也這麼記錄。

早報的截稿時間是凌晨兩點。時間勉強來得及。大部分報社的態度是先刊登第一波報導。

唯獨《東日新聞》不同。

洩漏出去了……

現場有人把情報洩漏出去了。歹徒子彈用盡這個事實正式報告上來，是凌晨一點三十五分的時候。

當時進行現場勘驗的，是ＳＩＴ的調查員和大森署的強行犯係。當然，最有嫌疑的是轄區。

因為轄區洩密的可能性最大，龍崎也覺得無法否定。據說ＳＩＴ對媒體的立場是徹底保密。

碰上綁架案的時候，ＳＩＴ需要變裝或偽裝成肉票家屬，因此成員甚至不願意讓身分曝光。相較之下，轄區警署的刑警嘴巴毫不牢靠。

平日他們會在酒館等地方和社會部記者碰面，自然混得很熟，也沒什麼防心。

其中似乎也有刑警為了滿足優越感，或是被記者抓住某些把柄，故意把情報洩漏出去。

「爸！」

美紀大聲呼喚，龍崎赫然回神看廚房。

「什麼事？」

「還什麼事，問你有沒有事要跟媽說啦。」

自己竟然慌亂到連美紀在問話都沒發現嗎……？

「不，沒什麼事。」

「爸怎麼這樣啦？就不會說要媽好好休養，快點好起來之類的話嗎？」

「那你幫我那樣說。」

上班時間到了。龍崎前往玄關。

「早飯呢？」美紀問。

這麼說來都忘了。被她這麼一提，龍崎肚子餓了起來，但也沒時間吃了。

平常就算不吭聲，早飯也會自動端出來，所以他從來沒有特別想過要吃早飯這件事。

「不，不用了。」龍崎說。「不好意思，你媽的事就拜託你了。」

「今天是沒關係，可是我也在忙著求職，不是一直都有空的。」

「我知道。」

龍崎走出玄關。

氣溫已經開始上升了。

11

來到警署，不出所料，記者正團團包圍了副署長。負責轄區的記者平日就會賴在副署長辦公桌附近。只要一有案子，人數就會爆增。

「所以說，這些事情轄區不清楚，請等本廳的刑事部長召開記者會。」

龍崎聽到副署長的聲音。

龍崎進入署長室，換上制服。今天必須繃緊神經。

先前圍在副署長辦公桌旁的記者，有幾個在署長室門口盤旋。門沒有關，因此龍崎看得一清二楚。換言之，對方也看得到龍崎的情況。

龍崎這才感到詫異不已，轄區警署居然是記者可以像這樣自由進出的地方嗎？難怪情報完全被報社所知悉。

警務課長抱著一疊卷宗進來了。雖然是每天的慣例了，但看到那些量，還是令人不禁厭煩。

龍崎拿著印章開始瀏覽文件，這時電話響了。

「喂，大森署，我是龍崎。」

「是哪裡洩漏出去的？」是伊丹的聲音。

「你說《東日新聞》的報導嗎？」

「廢話。」

「不知道是哪裡洩漏出去的。」

「不是一句不知道就可以算了的。」

「都已經上報了，也不能怎麼樣。」

「警務部開始行動了。」

「監察官嗎？」

「對。好像要調查擊斃歹徒的決定是否妥當。」

「就算被調查，我也不覺得有什麼需要擔心的……」

「要是只有警方內部知道就罷了，沒想到歹徒沒有武器的事會上報……」

「喂，你這說法不正確。歹徒開了四槍，這是很重要的事實。」

伊丹不耐煩地說：「我知道，是口誤。我的意思是，歹徒被警察擊斃時已經沒有子彈，這是個問題。」

「一開始我們得到的情報是歹徒還有十發以上的子彈，因此以這個前提來處理。這則情報是來自於遭擊斃的歹徒同夥，也就是消費者貸款公司搶案落網的兩名嫌犯供述。」

「這個經緯我知道，問題是事實。事實上歹徒就只有四發子彈。歹徒取出彈匣時，頂端露出子彈，而同夥看到了，以為彈匣是全滿的，似乎是這樣。」

「那就是不可抗力了。有幾發子彈，只有歹徒知道。」

「負責訊問的人也有責任，但在現場指揮的你也會被究責。」

龍崎輕嘆了一口氣。

又開始推諉卸責了。這個社會非得抓個人出來獻祭，否則輿情不會善罷甘休。而在一旁煽風點火的就是媒體。

各家報社一定會像立下大功似地，對警方的疏失大書特書。警方向來是媒體上好的獵物。

辦案與逮捕行動不可能完全高尚清白，有時必須採取違法邊緣的調查手段，警察之間也會對此睜隻眼閉隻眼。

因為這份工作就是踩在線上。同時警方與媒體的接觸較多，所以容易漏餡。

媒體誤以為追打這些事，就等於對抗強權。原本媒體應該要監督政治家或政府才對，然而政治部的記者卻汲汲營營於追求如何才能與執政黨議員或閣員稱兄道弟。書寫政局是他們的工作，換言之，他們只會挖掘政界的後台花絮。

討好真正的權勢者，卻找腳踏實地工作的公務員的碴，這就是現在的報社。龍崎以前在警察廳擔任長官官房的總務課長，媒體公關也是工作內容之一。他經常和報社等媒體記者打交道，對此有深刻的感觸。

再怎麼有理想的記者，也無法違背所謂「報社的方針」。即使寫下違背報社方針的報導，也無法見報。電視台就更腐敗了，只知道每天重複播放不痛不癢的新聞。

「我確實有責任。我一點都不介意被追究責任。」

「喂，你才剛遭到降級人事吔？要是這時候搞砸了，可能會被流放邊疆的。」

「不管被調去哪，只要能繼續當警察就行了。」

說完後，龍崎忽然想起冴子。他覺得這麼說來，搬來大森以後，冴子似乎就有些無精打采。

從年輕的時候開始，龍崎家便三不五時搬家。也許是這樣的不滿和疲勞不斷地累積，讓她搞壞身體了。若是又得立刻搬到鄉下地方，一定會給妻子造成更大的負擔。

龍崎從來沒有考慮過這一點。若是追求安樂的生活，就無法勝任國家公務員的工作。龍崎是真心這麼認為的。

伊丹在說話。

「你說什麼？」

「監察官應該會先釐清相關事實。現場真的沒有疏失吧？」

「前線本部的人員都盡了最大的努力。不可能有更好的做法了。」

一段空白。伊丹似乎在猶豫。

「你記得我說過不要動用SAT嗎？」

「記得。但現場當時的狀況，我認為突擊是無可避免的。」

「不，那樣就好。我再打給你。」

龍崎放下話筒，尋思伊丹最後的問題。

確實，伊丹反對派SAT行動。而龍崎違反指示，同意SAT用槍，以及突擊。

原來如此，伊丹打電話來，是要提醒龍崎這件事。

是在為自己留退路吧。

伊丹就是這種人。但龍崎對此一點都不生氣。

等一下伊丹必須出席上午的例行記者會，因此他必須蒐集各種情報，與各方面疏通。

伊丹只是在確定事實。而龍崎自信他在現場做出來的決定都是最妥當的。即便是警務部的監察官，應該也挑不出骨頭。反正媒體只有三分鐘熱度，一定馬上就會忘了這起案子。

龍崎繼續蓋印章，同時心想必須盡快設法改善這種狀況。警察署長最重要的工作居然是蓋印章，這太不像話了。

電話又響了。龍崎一邊接起話筒，眼睛仍追著文件上的文字，把印章沾上印泥。

「《東日新聞》的福本先生來電。」

好像是打到總機。櫃台人員這麼告知。

福本多吉是《東日新聞》的社會部部長，從龍崎在大阪府警本部時，兩人就打交道直到現在。

「接過來。」

轉接聲之後，是福本的聲音。

「你一定很生氣吧。」

「生什麼氣？」

「你這種口氣的時候，多半就是在生氣。我不知道是你的案子。」

「等一下，你是說人質事件嗎？」

「我應該先跟你知會一聲的。」

「你做了你的工作，只是這樣而已。」

「你那冷漠的口氣總是讓我難以捉摸。因為有時候你不是在挖苦，而是真心話。」

「我這是真心話。」

「意思是你理解我的立場？」

「沒錯。記者嗅到頭條新聞，如果不寫出來，會造成你們報社的損失。」

「聽到這話，我更覺得你是在怪我了。」

福本是社會部的資深記者，有一股獨特的威嚴，讓人覺得他年輕時一定經歷許多大場面。現在他成了部長，不再跑第一線了，但在審稿上應該具有相當大的決定權。

他看似強勢，不在乎細節，但其實是個細膩入微的人。

「警察發動突擊時，歹徒確實沒有子彈了，但在那個時間點，我們並不知道這個事實。我們得到的情報是歹徒持有十發以上的子彈。」

「我可以當成官方訊息嗎？」

「不，官方聲明的內容，請看刑事部長的記者會。」

「那我就當成非官方訊息參考。」

「我希望你可以回答我一個問題。」

「什麼問題？」

「把消息走漏給你們記者的是誰？」

「不知道。就算知道也不能說。你懂這個規矩吧？」

「不用名字沒關係，我只是想知道是本廳還是轄區的人。」

「如果逮到是誰，要嚴加處分是嗎？」

龍崎完全沒這種想法。他只是想要知道一下。

「在警察組織管理上，掌握情報洩漏的途徑很重要。」

「你還是老樣子，說的全是漂亮的檯面話。但你那應該是真心話吧。你真是個怪人。」

龍崎似乎是眾所公認的怪人，但他從來不覺得自己怪。見人說人話，見鬼說鬼話的人叫正常，而衷心奉行原理原則的人卻被當成怪人，他無法接受。

「你對我感到抱歉，所以才打這通電話對吧？既然如此，當做贖罪告訴我一聲也好吧？」

「我不覺得自己做錯什麼，只是覺得道義上好像說不太過去，才打電話給你的。而且我真的不知道消息來源。只有寫報導的記者知道。」

「你可以幫我調查嗎？」

「就算問出來了，也不能告訴你。」

「沒關係，請調查一下。」

「聽你那口氣，怎麼像是確定我一定會鬆口？」

「我是警察，最擅長逼人招供。」

福本大笑：「你可以試試看狗仔的嘴巴有多牢。嗳，不提這個，哪天再去喝一杯吧？」

「我只能在有二十人以上出席、參加費五千圓以下的自助餐會上跟你碰面。」

「那是跟有利害關係的人見面的情況吧？我是說私下喝一杯。」

「世人會認為我們有利害關係。」

「好吧。哪天我真的想約你，會召集部下來開場自助餐會。掰。」

龍崎繼續與文件格鬥。他一邊講電話，手仍馬不停蹄地蓋印章。放下話筒後，再次全神貫注對抗堆積如山的卷宗。處理速度加快了。

許久沒熬夜，讀著文件，便忍不住昏昏欲睡。雖然想小睡一下，但似乎不該在這種時間休息。而且署長室的門開著，也不能公然打瞌睡。

感覺今天也會是秋老虎發威的一天。今天應該不必出門，光是這樣就令人慶幸。署長總是會接到各種活動邀請，能像這樣專心處理文件的日子難得一見。

不知道過了多久，電話鈴聲令他回過神來。自己似乎不知不覺間打起盹來了。但手中還是握著印章。

是伊丹打來的。看看時鐘，十一點半。例行記者會結束了。

「剛才忘了問，太太狀況還好嗎？」

「你特地打來就為了問這件事？」

「怎麼可能？……那，狀況怎麼樣？」

「聽說是胃潰瘍。她說住院是為了檢查，不必擔心。」

「真的是胃潰瘍嗎？」

「什麼意思？」

「不，只是確定一下。什麼時候出院？」

「不知道。」

「喂，住院的是你老婆，你那是什麼漠不關心的口氣？」

「我還沒有聽到詳細說明。昨天她叫我趕快回來署裡。」

「下午去看看她怎麼樣？」

「不能在公務時間做私事。」

「不必那樣一板一眼。開溜一下辦點私事，每個人都會。」

「不是每個人都這麼做，就表示是對的。」

「你這個人真是……」

「我女兒會拿換洗衣物之類的過去，所以我沒必要去。反正就算我去，也幫不上忙。」

「夫妻之間不是有沒有必要、幫不幫得上忙的問題吧？不過跟老婆分居的我也沒資格說這種話啦……」

龍崎不想再繼續跟伊丹談私事。

「記者會結束了嗎？」

「嗯，結束了。」

「有記者問到歹徒沒子彈的事吧？」

「當然了。」

「你怎麼回答？」

「我說明在機動隊突擊的時候，我們尚未掌握到這樣的情報。」

「這是事實。」

「媒體跟囉唆的人權團體一定不會接受。他們可能會主張下令突擊太草率。」

「那絕對不草率。」

「我知道，但一定會有不少人這樣批評。你要有心理準備。」

「心理準備？」

「一開始應該會是本廳跟突擊的第六機動隊受到抨擊，但沒有多久，大森署一定也會遭受波及。」

龍崎忍不住想嘆氣。

媒體總是在雞蛋裡挑骨頭，而人權派則是虎視眈眈找機會攻擊警方。遺憾的是，伊丹說的沒錯。

「我知道了。我會留意。」

「喂，我要提醒你一聲。」

「什麼？」

「咱們是同一陣線的。敵人在外頭。你不要忘了這一點。」

伊丹應該是打算事到臨頭，把責任推到別人身上。這種傢伙居然說這種話？龍崎目瞪口呆地掛了電話。

話說回來，什麼敵人朋友的……？伊丹應該是在擔心警務部的監察吧。有空想那些，怎麼不把精力用在工作上？

龍崎拿印章的手忽然停下來了。

伊丹的某句話莫名地令他耿耿於懷。

就是那句「真的是胃潰瘍嗎？」。

龍崎聽說過一些例子，是一開始被診斷為胃潰瘍，後來找專科醫師檢查，結果卻是癌症。也就是一開始碰上庸醫，延誤了病情。

警察醫院裡應該沒有那種蒙古大夫……

龍崎突然擔心起來了。

就像伊丹說的，下午離開署裡一下，去探望妻子，應該不會有什麼大礙。警務課長一定也會默認。

要偷偷過去嗎？跟警務課長說出去辦點事就行了。

想到這裡，龍崎急忙打消這個念頭。不能為了私事而耽誤公務。要是那樣做，不曉得又會被妻子怎麼說。

沒事的。醫生都說是胃潰瘍了，一定是的。

龍崎硬是這麼說服自己。

12

龍崎疲憊不堪，走路回家。快八點了。他好想立刻倒到床上。打開玄關門時，晚飯的香味撲鼻而來。

平常都是這樣的，因此他並不覺得奇怪，但下一瞬間，他察覺這不對勁。妻子正在住院，是誰在做飯？

看看廚房，是美紀。

「啊，爸回來了。」

「嗯……你在煮飯？」

「那什麼表情？我也是會下廚的好嗎？」

「太好了，我正想叫外送。」

「可是明天開始我就不能準備晚飯了。我也要忙求職。」

「我知道。」

坦白說，龍崎認為女人不必外出工作，但這種時候當然不能把這種主張說出口。

不管是在警察廳還是大森署，有能力的女性寥寥無幾，而且偏偏那類能幹的女性，都早早結婚離開職場了。即使想要派給她們必須長期負責的重要工作或職位，也因為她們不曉得何時會離職，令人不安。

說到底，女職員無法信賴。

女性應該會想要主張，如果男性能夠幫忙分擔家事，她們也能在職場上投入更多。但男人不能生孩子，也不會分泌乳汁。男性負責狩獵和戰鬥，女性則為了繁衍後代而奉獻，這不是身為靈長類的人類最自然的樣貌嗎？

每次看到美國社會，龍崎總是如此深信。提倡男女平等參與社會的觀點乍看之下十分美好，卻總有些不自然。性別歧視或許不應該，但不管怎麼想，男性和女性就是不一樣的。

龍崎內心抱持著這種想法，但若是在現代社會做出這種發言，立刻就會被貼上落伍守舊的標籤，所以只能深藏在心底。

不過女性和男性的角色顯然不同，從生物學的角度來看，這樣才是自然的，而且根據他過去的經驗，他認為這也是正確的想法。

美紀正熱衷於求職，龍崎不想澆女兒的冷水。她想做什麼，就隨她去做吧。晚餐總有法子解決，叫外送也行，就算吃超商便當也無所謂。

「爸要喝啤酒吧？」

「嗯，我自己來，你不用忙。」

龍崎從冰箱取出一罐三五〇毫升的啤酒。這是他晚餐時的習慣，絕不喝更多，總是一罐即止。

「你媽情況怎麼樣？」

「看起來還不錯。」

冰涼的啤酒順著喉嚨流下，胃袋一口氣熱了起來。龍崎忍不住吁了一口氣。

「她要住院到什麼時候？」

「要住到檢查報告出來，應該不會太久，」

「你媽沒提到出院時間嗎？」

「好像還不清楚。」

美紀把加熱過的菜餚擺到桌上。豬肉片豆腐、涼拌鴨兒芹、炒牛蒡絲和醃菜。調味和妻子不一樣，但還滿好吃的。

不知不覺間，女兒已經能夠代替母親下廚了。龍崎有些略嫌太晚地對此感動不已。家裡的事都交給妻子冴子，因此他對孩子的成長有些陌生。

他正仔細品嚐啤酒和菜餚，兒子邦彥從房間出來了。他看似有話想說。

這麼說來，還沒有問他升學的事。

「你說你要考東大？」

龍崎問，結果邦彥露出鬧脾氣的表情，點了點頭，不肯正視父親。龍崎知道他不是真的在鬧脾氣。他也有經驗，那只是害羞而已。

年輕的時候不知為何，要跟父母談正經事，就教人害羞。對外人可以正常說話，但不知何故，面對自己的父母就難以啟齒。這就是家人的不可思議之處。

「嗯，我打算考東大，在重新準備考試。」

「噯，坐吧。」

龍崎指著餐桌對面的椅子。邦彥有點不知所措的樣子，結果還是照著吩咐坐下來。

「那上了東大以後，你有什麼打算？你不想當國家公務員對吧？你之前說想當報導記者，打算朝這方面前進嗎？」

「不，比起報導記者，我有更想從事的行業。」

「什麼行業？」

邦彥猶豫了。看到那心虛的模樣，連龍崎都尷尬起來。

「既然是想做的事，就拿出自信，明白地說出來啊。」

邦彥總算下定決心開口：「我想投入動畫業。」

龍崎無法理解邦彥說了什麼。不，也許是腦袋拒絕理解。

他只能盯著邦彥的臉看。拿著啤酒的手懸在半空中，思考跟手一樣停擺了。他不知道該說什麼。

邦彥如坐針氈地扭動身體。美紀驚訝地回頭，就這樣怔立在原地。看來美紀也是第一次聽說。

龍崎與其說是驚訝，更因為那個世界距離自己太遙遠，不知道該如何評斷。大腦總算從震驚中恢復過來，開始運作，他從記憶裡拼湊出關於動畫的知識。

「你說的動畫，是指卡通嗎？」

「對。」

「我不是很懂，簡而言之，就是把非現實的漫畫做成影像是吧？」
「我不知道你說的非現實指的是什麼。」
「就是吃下罐頭波菜，就能變成大力士的水手之類……」
「你說波派嗎？」
「還有擬人化的動物，跟童話故事……」
「你說迪士尼嗎？」
「還有只是貓不停地追捕老鼠的鬧劇……」
「湯姆與傑利嗎？」
「動畫就是指這些吧？」
「嗯，沒錯，爸說的那些也是動畫……」
「那是給小孩子看的東西吧？你都長這麼大了，還對那種東西感興趣，我真是不敢相信。」
這是龍崎的真心話。
邦彥明年就成年了。雖說相較於過去，現代年輕人普遍幼稚，但沒想到兒子居然會喜歡卡通……

「以前的動畫就像爸說的，是給小孩子看的。像美國迪士尼和華納兄弟以前製作的動畫就是。但現在不一樣了。尤其日本的動畫水準是全世界第一，已經達到藝術作品的領域了。」

卡通是藝術作品……？龍崎完全無法理解。

應該是龍崎把那種想法寫在臉上了，邦彥有些不耐煩地說：「爸，你小時候沒看過卡通嗎？」

「幾乎沒有。」

「原子小金剛之類……」

「我知道原子小金剛，但沒有印象。」

「總之，日本動畫現在已經是在全世界引以為傲的文化了，還對好萊塢電影導演造成極大的影響。」

這麼說來，龍崎聽說過「動畫宅」這個詞。據說那指的是年紀都不小了，卻沉迷於動畫的次文化狂熱者。龍崎一直以為那跟自己毫無關係，沒想到身邊居然就有一個嗎……？

「你是說，你想要從事製作動畫的工作？」

「我不知道會不會選擇直接參與製作的行業，所以才要鑽研一下。」

「你說你要報考東大。」

「對啊。」

「爸完全不懂動畫跟東大有什麼關係……」

「這個啦。」

邦彥從口袋掏出一張摺起來的紙，打開後遞給龍崎。

好像是列印下來的網站內容。標題很長，「數位內容創造科學產學合作教育課程」。這樣的標題，令人覺得確實是東大風格。

龍崎先讀了內容。上面說是接受文部科學省補助，由東大研究所開設的課程。目的是培育製作動畫、電玩遊戲等數位內容的人才。

具體來說，是培養具備最新科學技術知識，並兼具國際觀的製作人及製作技術指導者。

講師陣容有目前活躍的一流動畫導演、製作人、玩具廠商的企畫人員。必須在兩年之間修滿二十個學分。

因為是研究所的課，授課對象是研究生，但也有大學部和外校大學生的名額。此外，要申請修課，必須先通過小論文筆試。

龍崎驚訝極了。沒想到母校居然會成立動畫和電玩的課程。這也是所謂的時代潮流嗎？

他困惑地看著邦彥。

「也就是說，你想要讀這個？」

「對。」

總覺得無法釋然。

創造這回事，是可以在大學學到的嗎？如果說想要投入動畫行業，他覺得直接進入製作動畫的現場工作才是捷徑。

「這些課程有幫助嗎？」

「有沒有幫助，要讀了才知道啊。」

「我不是很清楚，不過這類領域，不是才能等要素決定一切嗎？你認為自己有這樣的才能嗎？」

「所以說，要我當動畫原作者或導演可能沒辦法，但如果是相關的工作，或許我能勝任。所以我需要專門的知識。」

「爸不是很懂。」

「哪裡不懂？」

「全部。你怎麼會喜歡卡通這種小孩子的東西？為什麼東大要開研究動畫的課？上課拿學分，在動畫製作現場能派上什麼用場……？我全都不懂。」

邦彥一臉困窘，不知該如何說明。邦彥應該很為難，但龍崎也不知該如何是好。就算想要理解，也抓不到施力點。

「知道了啦。」

邦彥起身，快步往自己房間走去。龍崎覺得他是回去房間生悶氣了。啤酒頓時變得難喝起來。

但邦彥並沒有關進自己的房間。他立刻折返回來，放了一樣東西在桌上。

「這是什麼？」

「DVD。總之你看一下。」

龍崎拿起DVD。封面畫著漫畫圖案。這是動畫，當然是漫畫風格。光是這樣，龍崎就失去觀看的興致了。

「是電視節目什麼的嗎？」

「是劇場版的電影啦。這是名作。反正你不要管那麼多，看就是了。」

電影的話，長度應該將近兩小時。自己撥得出這麼多時間嗎？儘管這麼想，但如果這時候多說什麼，邦彥可能又要不高興了。

總之邦彥決定要報考東大，令人開心。

「好。」

龍崎只是簡單地這麼應道。邦彥有些不滿地回去房間了。雖然下定決心說出來，但父親無法理解。要他滿意應該太困難了。

話說回來，動畫卡通啊……

如果可能，龍崎希望兒子回心轉意，從事正經一點的行業。與其搞動畫，當報導記者更像話多了。

但就算現在叫他放棄動畫，他也聽不進去吧。有沒有什麼讓他回心轉意的方法？煩惱又添一樁了。

13

早上龍崎一如往常地出勤，發現大森署玄關前聚集了許多媒體。如果是負責大森署的報社記者，應該可以堂而皇之地進入署內，因此聚集在這裡的，是平日與大森署無關的媒體。

有電視台攝影小組和主播，也有疑似寫手的人，還有報社、週刊雜誌的許多攝影師。

他們不認得龍崎。龍崎繞過他們旁邊前往玄關。持杖術用棍棒的警察向龍崎敬禮。

幾個人見狀想要朝龍崎走來，接著數人發現，想要搭順風車過來。

結果演變成媒體朝龍崎蜂擁而至，但這時龍崎已經走進玄關，持棍棒的警察擋下了記者。

即使甩掉他們也不能安心。警察署裡有負責大森署的警察線記者。

不出所料，他們圍住副署長辦公桌，想要從副署長口中問出消息。貝沼副署長四兩撥千斤，閃躲記者們的問題攻勢。

貝沼副署長發現龍崎來上班了，離開座位進入署長室。

「必須設法處理那些記者，否則無法工作。」

「只要一直回答『無可奉告』就行了。」

「我已經在這麼做了……」

「他們到底想問什麼？」

「想逼我們承認擊斃歹徒是錯誤的做法吧。」

「那並不是錯誤。當時的情況，那是迫不得已。」

「我明白。」

貝沼真的明白嗎？

龍崎懷疑自己的疑問可能寫在臉上了。不過就算貝沼看出來了也無所謂。無論貝沼對他觀感如何，只要不妨礙職務，龍崎並不在乎。目前職務並沒有因為貝沼而受到阻礙。

龍崎不知道前任署長是個怎樣的人，但副署長在警察署中握有莫大的權限。高級事務官在「少主修行」時代擔任的署長職位，只是個花瓶虛位，副署長才是真正掌握實務的首長。

雖然龍崎覺得現在已經沒有那樣的警察署了，但長年累月建立起來的傳統和習慣難以抹滅。也許貝沼到現在依然認為實質上的領導人是他。

龍崎是因為顯而易見的降調人事而來到這處警署的。貝沼當然也知道。一般警察幹部對於出包的高級事務官是什麼觀感，龍崎想像得出來。

今天的早報都刊登了案子的後續報導。雖然落後《東日新聞》，但影響仍不容忽視。各家報紙都詳細報導案情經緯，提到歹徒在與機動隊的槍擊戰中喪生。

這算是有良心的寫法，追求腥羶聳動的體育報則明確地寫出SAT的名號，還用了「擊斃」這樣的字眼。

SAT從未有過擊斃歹徒的前例，所以媒體才會大肆炒作。但凡事總有開頭，若只知道因循守舊，實在趕不上逐漸歐美化且日益凶殘的犯罪。媒體總是只有三分鐘熱度。龍崎認為警方正確的應對之道，就是低調地等待風暴過去。

龍崎淡淡地繼續在齋藤警務課長送來的成堆卷宗上蓋印章。目前貝沼副署長為他擔任阻擋媒體的防波堤。

倒不如說，也許貝沼絕不願意把這個角色拱手讓人。即使是這樣，對龍崎來說也正好方便。

電話響了，龍崎接起話筒，聽見齋藤警務課長害怕的聲音：

「方面本部的野間崎管理官來電。」

龍崎要齋藤轉接，對方劈頭就說：「請說明這到底是怎麼回事？」

口吻變得有禮了，卻毫不遮掩反感。據說警察分成兩種，一種是不在乎階級的現場主義者，和拘泥階級與職位的官僚類型。

野間崎顯然是後者。若非如此，或許也沒辦法以非第一種考試出身的身分爬到警視的地位。

「我不懂你的意思。」

「不懂？看來你似乎不明白在社會上引發了怎樣的軒然大波。不過你是空降部隊，或許這也是沒辦法的事。但長此以往，真的很教人困擾。」

「我不知道誰在吵些什麼，但這跟大森署有什麼關係嗎？」

「這是大森署的轄區發生的案子。持槍歹徒挾持了兩名人質據守在屋內，而那名歹徒是緊急調度時，被你們縱放的高輪搶案的歹徒……」

「那件事的話，我們已經把報告呈交給檢察單位了。」

「不是送交檢方就沒事了吧？如果你們署沒在緊急調度時捕出婁子，根本就不會發生這起案子了。」

對方顯然情緒很激動。

這個管理官到底想做什麼？龍崎打從心底感到奇異。

事到如今再來詢問案子的經緯又能如何？在指揮本部，是刑事部長直接進行指揮。換句話說，這起案子的責任在刑事部長身上。若有疑問，去問刑事部長就好了。

總不會是因為野間崎沒被招攬到指揮本部或前線本部，他覺得沒面子吧？因為那種幼稚的理由而妨礙別人工作，誰吃得消？

「就算你這麼說，事實上事情已經發生了，那也沒辦法。再說，你說大森署捅了婁子，但緊急調度並不一定保證能百分之百抓到嫌犯。」

「總之，請你到方面本部報到，說明詳細經緯。」

「為什麼？」

聽得出電話另一頭的野間崎管理官啞然失聲。一段像是在尋思該怎麼說的空白。也許他是在拚命克制怒火。

「方面本部管理官要求轄區說明狀況，還需要理由嗎？」

「這案子已經不歸我們署了。」

「事情還沒有完！」野間崎管理官聲音變大了。

「當然還沒有完。歹徒以死亡的狀態送交檢方，檢方應該也有許多程序要處理。但轄區的工作已經結束了。」

「方面本部有監督轄區的義務，所以必須了解現場是否採取了妥當的措施。」

龍崎覺得跟他講話本身就是浪費時間。

「我知道了。我叫刑事課長過去報告。」

「我聽說在現場指揮的人是你。」

「沒錯。」

「我想直接跟你談。」

龍崎忍不住嘆氣：「我懂了。有問題請說。」

管理官支吾起來。看來他連要問什麼問題都沒有準備。連要問什麼都不知道，卻說要談，到底是要談什麼？

「我叫你過來報告。」

「那是浪費雙方的時間。用電話講就夠了。有問題我會回答。」

又是一段空白。接著野間崎管理官說：「我等一下再打過去。」

電話掛斷了。

署長室外，副署長和齋藤警務課長正在討論什麼。

龍崎一講完電話，先是貝沼副署長進來了。齋藤警務課長緊接著進來。

「什麼事？」龍崎問。

貝沼副署長表情凝重地問：「管理官說了什麼……？」

「他叫我去報告人質事件的經緯。」

「那麼署長現在就要動身過去吧……？」

「沒這個必要。如果他想知道經緯，看報告書就知道了。」

貝沼副署長的表情更加凝重了。齋藤警務課長則是驚愕到眼睛都瞪圓了。

「呃……既然方面本部的管理官要求，轄區就必須立刻過去報到。」

「規章上應該沒有這種規定。」

「呃，可是……」

齋藤警務課長求助似地看貝沼副署長。貝沼說：「我替署長過去好嗎？」

龍崎繼續蓋印章，搖搖頭。

「我已經告訴對方，有問題我隨時可以回答。我們沒必要派人過去。」

貝沼副署長用幾乎聽不出感情的聲音說：「我認為最好避免這樣的處理方式，否則可能會影響到警察指揮系統……」

「避免怎麼的處理方式？」

「不服從方面本部管理官的命令。」

「我並沒有違抗管理官。若有疑問，我會知無不言。是對方的要求太不合理。」

「即使不合理，還是必須服從方面本部。」

龍崎停手注視貝沼。看不出貝沼的感情。完全摸不透他的真心。

「那如果方面本部叫你去死，你會去死嗎？」

「要看時間和場合，但我已經有所覺悟，或許會有必須犧牲奉獻的情況。」

「你提到警察的指揮系統，但尊重指揮系統，前提是幹部提出的命令要合理，難道不是嗎？對於不合理的命令，沒必要盲從。」

「但警察就是絕對服從。」

「那麼這必須改變。」

貝沼副署長面無表情地回視上來。齋藤警務課長也默默無語地站著。

「怎麼了？」龍崎問兩人。「我說了什麼不對的話嗎？」

「不。」貝沼副署長說。「野間崎管理官的事，真的這樣就行了嗎？」

「對。」

「那麼，就交給署長了。」

兩人總算離開了。

龍崎也明白兩人在害怕什麼。警察仍然擺脱不掉那古老的體質。他甚至覺得搞不好從明治時代警視廳成立以後，警察就從來沒有改變過。聽來像個玩笑，但時至今日，薩摩派閥依然在警界擁有絕大的權勢（註：日本的明治維新是由「薩長土肥」（薩摩藩、長州藩、土佐藩、肥前藩）四藩出身的政治家所推動，因此明治政府成立後的政軍界要職也幾乎被此四藩出身的有力人士所寡占，形成「藩閥」。在警界中勢力最大的即為薩摩藩（註：現今的鹿兒島地區）。

記者似乎又聚集到副署長辦公桌周圍了。他們想方設法，無論如何就是要逮到警察承認錯誤的話柄。

上午十一點半，電話響了。昨天這個時間伊丹打過電話來。拿起話筒，果然總機說是伊丹。龍崎叫總機轉接。

「剛開完記者會。」伊丹說。「媒體比昨天更凶悍。」

「他們也跑來這裡了。」

「採訪攻勢會愈來愈凌厲。」

「沒什麼，總有一天會平靜下來的。」

伊丹微微低吟了一聲。

「你把事情想得太簡單了。媒體的炮火會愈來愈猛烈。」

「你控制下來就是了。每天開記者會，不就是為了這個目的？」

「別說得那麼容易。」

「這並不容易，但這是你的工作。」

「真希望部長由你來當。」

「若有這樣的人事，我隨時接下。」

「真是，挖苦也沒用……」

「你打電話來是為了抱怨嗎？」

「我有事要問你。警察廳的首席監察官小田切貞夫，你認識他嗎？」

「我當然知道他。警察廳的首席監察官隸屬於長官官房，是長官的直屬部下。」

「他是個怎樣的人？」

「很聰明，是個優秀的警察官員。」

「優秀的警察官員……這個形容可以有很多解讀。」

「這次的案子由小田切先生擔任監察嗎？」

「似乎是。」

「怎麼會是警察廳的首席監察官親自出馬？警視廳的監察官就夠了吧？」

「所以才說你把事情想得太簡單了。這次的事，在警界內部也是一起重大案件。畢竟是反恐部隊第一次擊斃歹徒。」

「這話不奇怪嗎？反恐部隊是拿來做什麼用的？他們配備了衝鋒槍，那些槍是做什麼用的？」

「當然是為了對付恐怖攻擊。但這次的案子並不是恐攻。」

「歹徒搶劫消費者貸款公司，抓了兩個平民當人質，而且手上還有槍，根本是不折不扣的恐怖分子。」

「他沒有政治背景，也沒有提出特別的要求。」

「恐攻不一定是為了政治目的。這次的案子，歹徒的手槍有四發子彈，換句話說，有可能造成四人傷亡。同時他還是搶案的逃犯。SAT的應對方式，即使放眼世界，也不能說是錯的。」

「道理上是這樣沒錯，但社會上能像這樣理性分析的人是少數。先不管這個，我想要更進一步了解一下小田切這個人。」

「了解他要做什麼？」

「我也得設想一下該怎麼應付他啊。」

「與其煩惱要怎麼敷衍，實話實說就是了。」

「不是每個人都能像你那樣。」

「這總是令我匪夷所思。」

話筒另一頭傳來輕聲嘆息。

「警察廳的首席監察官都出馬了，表示你也不能全身而退。」

「當然，我已經預期會被找去問話。但我有自信自己並沒有做錯。」

「如果能沒事就好了……多告訴我一點小田切的事。」

「東大法律系畢業，年輕的時候在東北地方的警署當過署長。中間回過警察廳一次，接下來做過大分縣警、長野縣警、秋田縣警的本部長，然後回到警察廳，成為首席監察官。階級是警視監。」

「你記得真清楚。」

「我以前是長官官房的總務課長，這點資料還記得住。」

「換句話說，小田切幾乎沒有現場辦案經驗？」

「沒錯，完全走在菁英之路上。」

「那麼在監察上也會毫不留情吧。」
「應該。但他是個優秀的官員。」
「這次的事，這才是問題吧。」
「什麼意思？」
「他可能無法理解現場的權宜做法。」
「他的話，應該會認為沒必要理解。」
「他是個合理主義者？」
「應該吧。」
「換句話說，跟你一樣？」
龍崎有些驚訝。
「我跟小田切先生完全不同。小田切先生在菁英之路上一路順遂，我卻像這樣遭到降級。我已經無望升遷了。」
「那他應該會嚴厲究責吧。」
伊丹似乎不想提到龍崎的降級人事。

「當然會很嚴厲。他這個人不容許妥協。」
「那麼這次的監察一定也會很嚴厲。他有沒有什麼弱點？」
「喂，你打探監察官的弱要點做什麼？」
「知己知彼，百戰百勝。」
「監察官不是敵人。監察只是在確定偵辦和逮捕方法是否妥當。」
「那是你最擅長的漂亮話。媒體都吵成這樣了，警方也會想推個代罪羔羊出去挨打。那個人或許是我……」伊丹停頓了一下。「也可能是你。」
龍崎回想起昨天伊丹說的話。伊丹向他確定是不是還記得伊丹叫他不要派SAT上場的事。
龍崎覺得心情很糟。接受監察不算什麼，但伊丹說整個組織正在尋找祭品。
「我們並沒有做錯事，堂堂正正面對就是了。」
「有時候我真的很羨慕你。監察的做法人各不同，但大部分都是由上往下慢慢查。應該會是我這個指揮本部長先被找去問話，接下來就是你。」

「從我在警察廳的媒體公關經驗來說，沒必要在乎媒體的臉色。他們不必對自己的言行負責，相反地，我們每一天的每一項工作都要扛起責任。」

「就算是這樣，也不能忽視媒體。還有另一件重要的事。」

「什麼事？」

「有必要查出是誰把情報洩漏給《東日新聞》的。這場騷動，起因就是那次洩漏。」

「就算《東日》不爆料，總有一天還是會見光。」

「我不打算公開這件事。」

「那洩漏出去是好的。」

「什麼？」

「就算隱瞞，還是會有人挖出來。事實就應該公諸於世。你還沒學到教訓嗎？」

伊丹又低吟了一聲。似乎可以看見他眉心打結的表情。

「我再聯絡。」

電話掛斷了。

龍崎停下手來，思考了一下。

從時間點來看，顯然是現場的調查員洩漏出去的。龍崎認為揪出是什麼人不太有意義，但有必要警告一下，避免這種狀況再次發生。

他滿心祈禱洩密者不是署裡的調查員。

14

龍崎正想著差不多該用午飯時，令人驚訝的是，野間崎管理官竟然又找上門來了。

齋藤警務課長擔心地在署長室外張望。這時貝沼副署長也來了。貝沼和齋藤警務課長交談了兩、三句話，進入署長室。

他在野間崎管理官旁邊深深地彎腰鞠躬後，站到龍崎辦公桌旁邊。

「你好像非常忙碌，所以我親自過來了。」

野間崎管理官還是一樣，只有語氣是恭敬的。

龍崎依然坐著。貝沼似乎對此很不滿。

「勞你來一趟，不好意思。」龍崎說。「請坐那裡。」

他指示開會用的桌椅方向。

野間管理官用彷彿對全世界不滿的態度看了龍崎片刻，不久後在其中一張椅子坐下。貝沼依然站著。

「你說你不想浪費時間，那麼我只問要點。」

龍崎點點頭。

「這對彼此都好。」

「挾持人質據守在民宅的歹徒，是高輪的消費者貸款公司搶案的搶匪之一，這是事實對吧？」

「沒錯。」

「人質事件發生在大森署轄區內，對吧？」

「沒錯。」

「如果能在緊急調度時就抓到歹徒，就不會發生人質事件了，對吧？」
「你這樣問，我也只能說沒錯。」
龍崎感覺貝沼在看他。
他覺得貝沼在責備：就不能說得婉轉些嗎？
野間崎管理官滿意地點點頭，繼續問道：「人質事件時，是你在現場指揮，對吧？」
「事實有些不同。實際負責指揮的是本廳特殊班的下平係長。」
「你人在現場嗎？還是不在？」
「我在。」
「你人在現場，卻讓一介係長負責指揮？」
「我聽說特殊犯係是為了綁架案及人質事件而設立的，平日就為此進行訓練，換句話說，他們是專家集團。我認為交給專家處理是最為合理的做法，這有什麼不對嗎？」
「但現場裡面，職位和階級最高的人是你。你在那裡做什麼？」

這個人不是想知道事件的經緯，而是來找碴的，龍崎想。

「我當時是前線本部的本部長。」

「具體來說，你做了什麼？」

「下平係長難以做出判斷時，由我來下決定。」

「換句話說，你是現場負責人？」

「是這樣沒錯。」

「我問完了。」

野間崎管理官起身，龍崎也禮貌性地站起來。

「我失陪了。」

野間管理官往門口走去。貝沼副署長瞄了龍崎一眼，跟了上去。龍崎站著看兩人的背影。

一會後貝沼副署長回來了。齋藤警務課長也提心吊膽地進入署長室。貝沼說：「完全與野間崎管理官為敵了。」

龍崎完全不在乎。

「方面本部對轄區警署有監督責任，我也能理解他想要調查狀況的心情。刑事部長說，警察廳的首席監察官似乎展開調查了，若方面本部沒有掌握狀況，那就太沒立場了。」

貝沼副署長的眉毛一跳。龍崎猜想應該是吃驚。齋藤警務課長露出一如往常的驚愕表情。

「警察廳的首席監察官……」貝沼副署長說。「這下不得了了。」

「我不這麼認為。監察官審視偵辦的過程是否妥當，是天經地義的事。」

「是這樣沒錯……但我擔心野間崎管理官會怎麼做。畢竟他特地上門，問了那些問題……」

「警察廳的小田切首席監察官是個鐵面無私的人。他不會被出於偏見或私怨的中傷所迷惑。」

「署長認識首席監察官？」

「我們以前都在長官官房。」

齋藤警務課長再次露出驚愕的表情。

「總之，署裡的記者我來應付。監察的部分，就請署長處理。」

龍崎注視貝沼副署長。貝沼的表情毫無變化。

「我來處理監察，這是什麼意思？我是前線本部的負責人，當然會受到審問……」

「這不是署長個人的問題。署長被究責，是大森署全體的問題。」

「這一點我不懂。即使我真的做錯什麼，那也是我個人的疏失，沒道理整個大森署都要被究責。」

「道理上是這樣沒錯，但野間崎管理官那樣的人，往後一定會將大森署視為眼中釘。」

「你的意思是，我應該對那個管理官唯命是從？」

貝沼想了一下，「有時候這是比較安全的做法。」

龍崎整個傻眼了。轄區怎麼會如此地卑躬屈膝？只要上頭說是白的，黑的也會變成白的嗎？

「沒那個必要。」

「但是……」

「以前或許是這樣，但往後再也不是了。」

貝沼想要開口，但龍崎制止他說：「犯罪手法日新月異，外籍人士的犯罪也日益增加，犯罪年齡下降，我們可能會碰上從前的日本完全無法想像的犯罪。恐怖攻擊的威脅也會愈來愈嚴重，警察不可能永遠故步自封。既然犯罪進化了，警察就必須跟著進步。我相信面對棘手的犯罪，最大的武器就是追求合理性。」

「合理性？」

「沒錯，就是重視原理原則。揣摩上意、察言觀色，這一點都不重要。」

齋藤警務課長不安地看貝沼。貝沼依然不把感情表露在臉上。

「我明白了。」貝沼說。「我會牽制媒體。」

貝沼就要離開辦公室。

「有件事要拜託你。」龍崎說。

貝沼停步回頭。

「刑事部長想要知道，是誰把歹徒的槍沒有子彈這件事洩漏給《東日》記者的。」

貝沼和齋藤別有深意地對望了一眼。

「怎麼了？」龍崎問。「有什麼事要告訴我嗎？」

貝沼回答：「關於這件事，我聽到一些風聲。」

「什麼？」

「因為尚未求證，所以不知道是否該報告署長……」

「沒關係，告訴我。」

貝沼瞄了門口一眼，折回辦公桌旁，壓低聲音說：「SAT壓制現場，調查員剛完成現場勘驗後，有人看見我們一名調查員在跟《東日新聞》的記者說話。」

「我們的調查員？誰？」

「刑事課強行犯係的調查員。」

「叫什麼名字？」

「戶高。」

「我知道戶高。誰看到的？」

「強行犯係長。」

「有誰知道？」

「我立刻要強行犯係長保密，目前只有署長和我、齋藤警務課長、關本刑事課長，以及目擊到的小松係長知道。」

「有沒有可能傳出去？」

「這很難說。畢竟人的嘴巴堵不住……」

「要剛才提到的幾個人絕對保密。這件事我來處理。」

「好的。但這類消息傳開，只是時間的問題。」

「就是要爭取時間。」

「好的。」

兩人離開後，龍崎想起戶高。感覺戶高實在難說是個模範警察。

畢竟第一印象太差了。當時龍崎還是警察廳長官官房的總務課長，來大森署成立的搜查本部找伊丹。

他詢問大森署署員搜查本部在哪裡，問到的就是戶高。戶高以極簡慢的態度應對，也不肯說明搜查本部的位置，甚至用近乎恫嚇的言詞試圖打發龍崎。

這也就罷了，但戶高一發現龍崎的身分，態度便有了一百八十度大轉變。換句話說，他表現出欺壓市民、討好長官的態度。

這次他在現場的態度也不值得肯定。發現歹徒的手槍沒有子彈時，他面露冷笑，彷彿事不關己。

龍崎覺得戶高的話，很有可能洩密。必須確定事實才行。如果大森署的署員把情報提供給報社的消息傳進野間崎管理官耳中，野間崎可能又要歡天喜地了。

龍崎打內線給關本刑事課長。

「戶高在嗎？」

「是，他在。」

「立刻叫他到署長室來。」

「好的。」

關本刑事課長的聲音頓時變得不安。

一會兒後，戶高來了。不是一個人，關本刑事課長也跟來了。

龍崎對關本說：「我沒有叫你。」

「呃，我想了解是什麼事……」

關本負責管束一群難搞的刑警，或許比別人更有熱忱，他應該知道戶高為什麼被找來。但有時熱忱只會落空。

「我想跟戶高單獨談談。不好意思，你可以迴避嗎？」

關本猶豫了一下，但還是行了個禮，離開署長室。

戶高的儀容不太理想。頭髮亂糟糟，臉上布滿鬍碴。警察講究儀容，然而戶高卻連鬍子也沒刮，這或許顯示他已經不把警察的規範放在眼裡了。

戶高用一種吊兒郎當的態度看著龍崎。

「我有事要問你。」龍崎說。「前天——正確地說，是前天到昨天的案子，

SAT壓制現場後，你們便進行了現場勘驗，對吧？」

「是啊，工作嘛。就算是轄區刑警，這點事情還做得來。」

看來他是那種說話非要酸個幾句才甘心的個性。

「我要問的是接下來的事。有人看到你跟《東日新聞》的記者交談。」

戶高露出受不了的表情。

「乾脆挑明了說怎麼樣？署長懷疑是我洩密的對吧？」

「沒錯，所以我希望你告訴我實話。」

瞬間，戶高一臉訝異。

「署長真是個老實人。那麼我也坦白說了，我並沒有洩密。」

「意思是你沒有跟《東日》的記者交談？」

「呃，有點不一樣。」

「解釋一下。」

「現場有我認識的記者，見到總會聊個幾句嘛。但我沒有透露任何多餘的事。」

「你記得你當時說了什麼嗎？」

「記者當然會問歹徒是什麼人、案子的背景等等的，我就跟他說，我怎麼可能在這種場合告訴你？」

「只有這樣嗎？」

「他問我指揮現場的是本廳嗎？所以我告訴他是SIT。這個講了也沒關係吧？」

龍崎想了一下，覺得沒什麼問題。

「還有呢？」

「就這樣而已。我真的沒講歹徒的槍裡沒子彈啦。不過如果署長想要賴到我身上，那也無所謂……」

一副死豬不怕滾水燙的態度。

「我並不是想拿你當代罪羔羊，但《東日》刊出了這件事。你應該知道，早報的截稿時間是凌晨兩點，一定是現場有人把消息洩漏出去了。」

「不關我的事唷。」

龍崎默默地觀察戶高。態度難說彬彬有禮，儀容也很糟糕。一下子挖苦，一下子耍賴。

但還不清楚他是否撒了謊。

「你認識的記者叫什麼名字？」

「堀木。名字忘了。」

「好。我會調查看看。」

「這下我總算明白嫌犯是什麼心情了。」戶高露出諷刺的笑。

「監察官的追查可沒這麼簡單。」

戶高臉上的笑容消失了。

「監察官……？」

「警方擊斃歹徒，監察官當然會調查這樣的做法是否妥當。」

「那太慘了，可能會被雞蛋裡挑骨頭呢。」

「這次由警察廳的首席監察官負責調查。他是個非常嚴厲的人。」

「怎麼會有那種大人物出馬？」

「據說是因為媒體炒作。是考慮到案子造成的社會影響吧。」

戶高頓時毛躁不安起來。先前那無賴的態度或許是裝的。他在隱瞞什麼嗎？

「你有什麼不方便受到監察的地方嗎？」

「不是啦，可是總不可能舒服吧？監察官壓根就懷疑我們有問題。」

「你曾經被監察官調查過嗎？」

「也不是沒有。」

看戶高這種態度，應該曾經違反過服務規章。

「抱歉把你叫來。我問完了。」

戶高一副還想說什麼的樣子，但隨即露出無所謂的表情，離開辦公室了。

戶高的背影消失後，龍崎立刻拿起話筒，打到《東日》社會部。

他請福本社會部部長聽電話，等了一分鐘之久。

「啊，抱歉，我在接別的電話。沒想到你會打來，到底是什麼事？」

「我想問你一件事……」

「什麼事？」

「你那邊有個叫堀木的記者嗎？」

一陣沉默。是在警戒。

「堀木是我們社會部的記者沒錯……」

「是那個記者拿到消息的嗎？」

「等一下，這到底是在說什麼？」

「人質事件。揭露歹徒的手槍沒有子彈的，是那名記者嗎？」

「我怎麼可能告訴你？」

「我需要知道。」

「你在調查辦案機密洩漏的源頭？」

沒必要隱瞞。

「沒錯，我必須知道消息是從哪裡走漏出去的。」

「我不知道。」

「你在撒謊。你是社會部部長，不可能不知道報導是誰寫的。」

「就算知道也不能說。如果你硬逼我說，就是警方對媒體施壓。這是打壓言論自由。」

「我並沒有打壓的意思。」

「就算你沒有那個意思，事實上就是打壓。」

「我不認為告訴我報導是誰寫的，會是打壓言論自由。美國等外國的報紙，報導都一定有記者署名。我一直認為日本報紙的匿名報導是非常不負責的做法。」

「就算跟你爭論，我也沒勝算。你是從哪裡問到堀木的名字的？」

「我們現場的調查員，被同僚目擊到跟那名記者說話。」

「你說同僚，是你們的署員？」

「沒錯。現階段消息從那裡洩漏出去的嫌疑最大。如果寫下報導的是那名堀木記者，那麼洩漏偵辦內容的應該就是那名調查員。如果不是堀木記者寫的，那麼該名調查員的嫌疑就能大幅減少。」

福本沉默了半晌。片刻之後，他發出低吼般的聲音說：「我了解你的狀況，但我也不能輕易把我們的內情說出去。如果被發現是特定記者報導出警方辦案的機密，警方當然會提防該名記者，也有可能對他做出有形或無形的制裁。」

「確實有許多警界人士對那篇報導感到不滿。」

「不否認這一點，真的很像你的作風。總之就是這樣，恕我無法回答你。」

「如果你能告訴我，幫助真的很大。」

「把你的問題強塞給我也沒用。」

「只要說是或不是就行了。拿到獨家的是不是堀木記者？我絕對不會說出去。」

「就你一個人知道？」

「沒錯。」

「這真的辦得到嗎？我聽說監察官行動了。」

「我會信守承諾。這是施恩於我的大好機會。」

「你居然會說這種話。」
「我也像一般人一樣講義氣的。」
「我不能隨便回答。讓我考慮一下。」
「好。」
電話掛斷了。
從福本的口氣，難以判斷是或不是。只能等他回答了。在這之前，戶高的清白也暫時保留。沒有結論的事，想東想西也沒用。
有太多事情要處理了。

15

下午兩點過後，警察廳來電找龍崎，要他今天去報到。
一定是為了監察。做到警察廳的首席監察官，就不必親自出馬，而是叫調查對象過去接受問話。

還有一堆非蓋章不可的文件。龍崎找來貝沼副署長。

「什麼事？」

「我把印章交給你，你和警務課長分頭把這些文件蓋章。」

貝沼眉毛一挑，「恕我無法答應。」

「我得去警察廳一趟。我不在的期間就好了。」

「把印章交給別人，等於是放棄署長的核批工作。」

「你真心認為這裡的文件全部都需要我來核准？」

貝沼沒有立刻回答。他很謹慎。

「我不這麼認為，但制度上沒有署長的印章，案子就無法完結。」

「只是這點程度的事而已，不管誰來蓋印章都一樣。」

「制度上如此，必須遵守。」

「我甚至開始懷疑，每天送來的這堆文件山，是為了把署長綁在位置上，不讓他亂跑的圈套。」

「唔，最近文件確實有增加的傾向……」

「就算副署長和警務課長來蓋章，也不會造成實際危害。反正只是一種形式，分頭進行比較快。」

「就算要分頭，署長章也只有一顆。」

「你看文件，由課長蓋印章。」

「我無法負這個責任。」

「真正需要我核批的事項，可以說幾乎沒有。如果真的有那樣的文件，留下來給我就是了。」

貝沼總算露出接受的態度。龍崎心想反正是裝出來的。

為了萬一往後出問題，貝沼想強調一下自己曾經表達過反對吧。

龍崎準備出門。如果非去不可，速戰速決比較好。他想堂堂正正地穿著制服，坐署長座車過去。這是轄區署長的權利。

在長官官房擔任總務課長時，當然沒有配車。他真想讓別人看看這儘管遭到左遷，卻反而好處多多的諷刺狀況。

「那麼我出門了。」

龍崎說，貝沼的表情變得有些憂心。

「署長去警察廳，是為了監察的事嗎？」

「沒錯。」

「不需要事先討論一下嗎？」

「不必。你不是說交給我處理嗎？」

「是的，但我覺得分享一下訊息比較好。」

「你的意思是應該預先串供？」

「說白一點，就是這樣。」

「放心。我不會把責任推給你的。」

即使來到警察廳所在的中央聯合辦公大樓二號館，龍崎也幾乎沒有半點感慨。只是不久前還在這裡工作罷了。

以前在各地方累積經驗時，他總是以盡快回到中央警察廳為目標。但現在這些都無所謂了。

他並非脫離榮達之路而自暴自棄了。對現在的龍崎來說，重要的只有大森署和轄區內的事。

搭乘高層用電梯前往十六樓，在總務課告知來意，以前的部下都客氣地看向他。立刻離席走上前來的，只有以前的公關室室長谷岡裕也。

「久疏問候了。」谷岡說。

「公關室不是在二樓？」

「我調到這裡了，現在是課長輔佐。」

「哦？也算是升遷呢。」

「其實是平行調動。您來找首席監察官對嗎？」

「沒錯。」

「我帶您過去。」

「喂，我在這裡當過課長好嗎？告訴我去哪裡找他就行了。」

「請到小會議室。」

「好。」

「課長……」
「我已經不是課長了。」
谷岡壓低聲音說：「小田切首席監察官似乎打算採取嚴厲監察的方針。」
「理應要這麼做沒錯。」
「他會徹底追究責任。」
「這是當然。」
「您一點都沒變。」
谷岡的表情忽然變得柔和。
「依舊是個怪人，是嗎？」
「不，您相信自己是對的，因此不管遇上任何事，都不會動搖。」
龍崎吃了一驚。
「我總是猶豫不定啊。只是迷惘的時候，會盡力去重視原則而已。」
「一般人就是難以做到這一點。」
「每個人都這樣說，我實在是無法理解。我只是有個指針，讓我在迷惘時知道方向罷了。」

谷岡笑了。

「真的不必我帶路嗎？」

「那當然。」

龍崎一個人前往小會議室，正要敲門的時候，門突然打開了，他差點迎面撞上來人。

走出來的是伊丹。臉色很糟。

伊丹悄悄關上門，喃喃說：「這下不妙了。」

龍崎問：「什麼東西不妙？」

「首席監察官可能打算懲處所有相關人員。」

「若有必要，就會這麼做吧。」

「他似乎完全不在乎在警界樹敵。」

「要不然怎麼做得來首席監察官？」

「監察官只是個過渡職位。在警視廳，一般慣例是當完副署長，在成為本廳幹部前，先當個一年的監察官。因為若是做得太久，會與內部的人結仇。大部分的人都不願意擔任監察官，但是他不同。」

「他認為SAT擊斃歹徒的做法有問題嗎？」

「不光是這樣而已。要我來說，他根本認為每個環節都有問題。」

「監察官就是這樣的。」

「總之，我晚點打電話給你。」

伊丹額頭冒汗。

伊丹向來表現得開朗大方，但其實是個很神經質的人。他是菁英，又擔任刑事部長，與一般人相比，應該具備強大的抗壓性，但光是這樣還不夠。

龍崎認為，菁英警察官員應該具備鋼鐵般的精神。從這個意義來說，自己也還修行不夠，但伊丹更脆弱多了。

但伊丹也有他的優點。他很清楚自己並不堅強。他不想樹敵，所以與人為善。

龍崎向伊丹點點頭，敲門後開門。

「打擾了。」

小會議室供幹部使用，設備相當奢華。大桌子上隨時準備了許多台筆電，座椅是柔軟的皮革椅，坐起來相當舒適。

桌子是長方形的，小田切首席監察官坐在從門口看過去的左側。是可以將長桌兩側盡收眼底的議長席。龍崎站到反方向，離小田切首席監察官最遠的位置。

龍崎還在長官官房時，兩人見過幾次面。但小田切首席監察官散發出拒人千里之外的氛圍。

他的國字臉上是一頭自然捲的頭髮，眉毛很粗，相貌宛如鬥牛犬。警察廳的職員多半戴眼鏡，但小田切首席監察官沒有戴。

「龍崎署長，辛苦你跑一趟了。」首席監察官以極為公事公辦的口吻說。

「坐吧。」

龍崎在前面的座位坐下。也就是離小田切首席監察官最遠的座位。

「我要請教你幾個問題，不過這還是預備調查的階段。」

沒有多餘的寒暄。龍崎也不期待閒話家常，甚至興起一股共鳴，認為官員就該像這樣。

另一方面，來到這裡之後，他才湧出了一股無法言喻的不安。離開警察署、抵達警察廳的時候，龍崎都還從容自在。他並沒有進行違法偵查，也沒有做出違反服務規章的指示。他對此有自信。

然而實際面對小田切，內心卻莫名地動盪不安。

龍崎想，原來如此，也難怪伊丹會那樣狼狽不堪。

「你是在九月十二日星期二晚上九點四十五分接到歹徒開槍的通知的，對嗎？」

小田切完全不看文件。他手上有一疊厚厚的卷宗和各種影本，但看來他完全將內容記在腦中了。

龍崎回答：「沒錯。」

龍崎也記得案子的細節。

「你是在哪裡接到這個消息的？」

「在大森署。」

「是透過怎樣的經緯得知的？」

「大森署的地域課人員拜訪案發現場，一家叫『磯菊』的小餐館。這時有人開槍，因此立刻透過署活台的無線電聯絡。」

「為什麼地域課的人員會去拜訪案發現場『磯菊』？」

「白天有民眾報案，說『磯菊』傳出爭吵的聲音。後來地域課人員去看過幾次，發現儘管是營業日，都到了傍晚，店家還是沒有開門做生意的樣子。此外，入夜以後，屋內似乎有人，店門卻一直關著，因此署員再次拜訪。」

小田切眼神嚴厲地點點頭。

「接獲報案時，沒有立刻派人過去嗎？」

「沒有。」

「為什麼？」

「當時正在緊急調度當中，因此決定將民眾爭吵的案子延後處理。」

「這是署長你下的決定嗎？」

當時是久米地域課長如此決定，但龍崎同意他的決定，也是事實。

「是的。情報全部匯集到署長室，以結果來說，是我做的決定。」

「因為緊急調度，而把『磯菊』的爭吵報案延後處理了，對嗎？」

「是的。」

「但其實『磯菊』的那場糾紛，是歹徒與人質發生爭吵……對吧？」

「是這樣沒錯。」

「而那名歹徒，是緊急調度搜捕對象的高輪消費者貸款公司搶案的搶匪成員之一。」

「是的。」

「換句話說，這裡出現了重大的誤判。因為發布緊急調度令，轄區內有任何異狀，就更應該立即趕往處理，不是嗎？」

被這麼一說，合情合理。龍崎莫名地被說服了。

那個時候為何沒有這麼想？這應該就是第一線的可怕。緊急調度對現場來說是特殊狀況，而民眾爭吵對地域課來說是家常便飯了。

發生特殊狀況時，就容易遺漏日常瑣事。

龍崎沉思起來，小田切嚴厲地追問：「怎麼樣？」

龍崎抬起頭來。

「以結果來說，或許就像監察官所說，但現場會發生各種狀況。即使接到通報後便立刻趕到現場，或許還是會發生槍擊事件或人質事件。」

「現場會發生各種狀況……」小田切重複龍崎的話。「這是現場的藉口。」

「畢竟我是現場的人……」

小田切的眼神變得更加嚴厲。

「你好歹也曾經在警察廳這裡擔任過長官官房的總務課長，怎麼能用現場的觀點去判斷事物？你是管理階層的人員。」

龍崎同意這一點。轄區署員只不過是士兵。無人統率，士兵就無法作戰。

「您說的沒錯，我應該對自己的立場更有所自覺。」

「如果接到爭吵的報案時，就立刻派人去『磯菊』，就有可能在緊急調度時抓到歹徒。這一點你同意吧？」

「關於這一點我有疑問。既然發生爭吵，表示當時歹徒已經抓到人質了。緊急調度解除後，地域課人員便多次前往『磯菊』查看，我認為這樣的行動阻止了歹徒進一步逃亡。」

「我是在說可能性。如果一接到通報就趕到現場，有可能在當下就逮捕歹徒了，對吧？」

咦？龍崎詫異。這個人在要求龍崎同意他早已做出來的結論。是在叫他唯命是從嗎？

不能在這時候屈服。

「不，我認為可能性極低。」

「你這麼判斷？」

「是的。」

「你的判斷力可能會受到質疑。」

「我相信自己這個判斷。」

小田切注視了龍崎半晌。龍崎不禁有些坐立難安起來。難怪伊丹會嚇得面無血色。

語氣雖然平和，但小田切形同假借質問在進行恐嚇。而且這恐嚇是基於他自行解釋事實所做出來的結論。龍崎絕對不能對此屈服。

龍崎筆直迎視小田切。小田切開口：「接下來我要請教歹徒開槍之後的處理。你做了什麼樣的處理？」

「我第一時間就派地域課人員和刑事課的強行犯係趕往現場。強行犯係在晚上十點左右抵達現場。同時我將各課課長召集到署長室，並要求警務課著手準備成立指揮本部。」

「警視廳搜查一課的特殊犯搜查第二係及鑑識在十點十五分左右抵達現場。接下來伊丹部長前往大森署，對吧？」

「伊丹刑事部長在晚上十點半左右抵達大森署。」

「接下來你怎麼做？」

「我前往現場。」

「你沒有留在指揮本部，而是前往現場……？」

「我認為指揮本部應該交給伊丹刑事部長。」

「那麼，你在現場進行指揮？」

「實際指揮的是警視廳的SIT。」

「SIT的誰？」

「特殊犯搜查第二係的下平係長。」

「有你這個署長在現場，卻讓係長進行現場指揮？」

這個問題感覺也帶有惡意。

「我聽說特殊犯係是為了處理綁架案、人質事件、恐攻事件而成立的部門，平日便為此累積訓練。他們知道該如何應變，同時我認為讓現場指揮系統呈多頭馬車很危險。」

「你這是在把責任推給係長。」

「我沒有這個意思。責任都在我身上。」

「也就是說，你在你的權責下，讓下平係長負責指揮？」

「沒錯。」

剛才也被問了一樣的問題。或許野間崎管理官已經透過某些管道，先把消息上報給首席監察官了。

「SIT面對此案，採取什麼方針？」

「SIT試圖與歹徒溝通談判並說服。他們不斷地打電話進去。」

「結果呢？」

「歹徒拒絕溝通。雖然接過一次電話，但接下來再也不接了。」

「換句話說，SIT失敗了。」

「下平係長提到，這種狀況出人意表。據他說，在人質事件裡，歹徒拒絕溝通是非常罕見的情形。」

「但這次發生了這罕見的情形。你同意SIT失敗了。」

龍崎知道小田切的言外之意。他的意思是讓SIT指揮的龍崎，應該要為SIT的失敗負責。

「下平係長依照訓練來處理事件，盡了最大的努力，但還是發生了預期之外的狀況。我認為這是無可奈何的事。」

「不是一句無可奈何就可以交代過去的。有些局面不容許任何失敗。」

「人的所作所為，本來就沒有百分之百確定的事。」

「方面本部將你這種態度視為怠忽職守、鬆懈怠慢。」

首席監察官果然接到野間崎管理官提供的消息了。這表示野間崎刻意打了小報告。

不可能是直接交談。野間崎一定是以書面呈報了他對龍崎的意見。

「鬆懈怠慢、沒有幹勁，這種說法是很主觀的。該做的事，大森署都做了。我是如此，我的署員亦是如此。」

「我不能忽略監督轄區的方面本部意見。」

「我不在意。」

「你讓SIT指揮，結果卻又派SAT進行突擊，這是怎麼回事？」

「狀況瞬息萬變。同時準備談判與強攻，是理所當然的做法。在美國，也是先布置好SWAT，再派談判人員上場。」

「伊丹部長說他指示你不要派SAT行動。」

這是事實，伊丹有這麼說的權利。但就和野間崎的呈報一樣，或許提供了小田切攻擊的材料。

「伊丹部長確實這麼說過，但透過SIT進行的談判並不順利，人質的體力也有極限。SAT的小隊長主張應該速戰速決，因此我要SAT待命，做好突擊準備。」

「是誰同意開槍的？」

「是我。」

「轄區署長沒有同意警備部SAT開槍的權限。」

「當時的我是前線本部長。現場發生的事，責任都在我身上。既然如此，現場所有的權限應該也歸我。」

「警察官的權限不是依狀況變動，而是嚴密地根據法律和職務執行規章來決定的。」

「有任何法律條文明載警察署署長沒有權限同意機動隊小隊使用火力

嗎？」

「沒有這樣的條文。」

小田切坦白承認。他說署長沒有同意開槍的權限，只是想要施加壓力。其實警察不必徵求上司許可，就可以開槍。只是槍械的使用有詳細的注意事項規定而已。

但有時警察會要求上司決定是否可以開槍。像這次必須壓制挾持人質的歹徒的狀況便是如此。知名的淺間山莊事件中，則是認為「開槍須由警察廳長官下令」。

「但是，」小田切又說。「並不是因為這樣，你就沒有責任。你允許SAT開槍，並讓他們突擊。你忽視了當時的指揮本部長伊丹刑事部長的指示。而且在SAT突擊時，歹徒的手槍是空的。」

「當時我們並不知道歹徒的手槍還剩下幾發子彈。SAT突擊時，傳出複數槍聲，也許是歹徒回擊。」

「歹徒沒有回擊。這一點我已經向SAT小隊長求證過了。換句話說，歹徒的手槍裡只有四發子彈。」

「我們當時得到的情報是歹徒有十發以上的子彈。是已經落網的高輪消費者貸款公司搶案的歹徒提供的情報。我們只能依據這樣的情報來行動。」

「這一點伊丹部長確實也有責任，當然要被究責。」

龍崎以前聽說，小田切是個公正無私的人，但現在覺得風評與事實截然不同。小田切現在滿腦子只想著要讓誰來負起責任。

監察官的工作不是定罪，而是調查警察官是否公正地執行了職務。龍崎感覺小田切弄錯了這一點。

來到這裡之前，龍崎對監察官毫無反感，對於受到審問也不覺得抗拒，但現在不同了。他對小田切的做法有些惱怒起來。

「第四槍是在屋內開槍的，不是對外射擊。換句話說，人質有可能中槍了。當時分秒必爭。」

「你無視刑事部長的指示，讓SAT突擊，擊斃了手槍沒有半發子彈的歹徒。這是事實，沒有錯吧？」

「這是有理由的。」

「我是在確定事實。我所說的內容是事實，沒錯吧？」

「沒有錯，但也不正確。」

「什麼意思？」

「那聽起來只是把對我不利的事實拼湊在一起。」

「你是說我遺漏了什麼嗎？」

「不是遺漏，而是故意忽略吧？」

「這是指……？」

「兩名人質都被平安救出了。」

小田切注視了龍崎片刻。龍崎也默默地回視。

不久後小田切說：「我問完了。但我剛才也說過，這是預備調查。或許我還會再找你問話。」

「好的。」

龍崎站起來，也不行禮，逕自離開會議室。

16

龍崎回到警署，齋藤警務課長告知說：「《東日新聞》的福本部長來電。」

「他說了什麼嗎？」

「他說『趁我還沒回心轉意，快點回電』……署長知道這是什麼意思嗎？」

「好像知道。」

龍崎立刻打電話給福本。

「我考慮了很久。」福本說。「如果答案相反，我一定不會告訴你吧。」

「……意思是？」

「那篇報導不是堀木寫的，是別的記者。」

「真的嗎？」

「我幹嘛沒事打電話騙你？」

「謝謝。」

「這樣算你欠我一次吧？」
「是啊。」
「那你告訴我，警方打算做出某些懲處嗎？」
這要是剛才，龍崎一定會回答「哪裡有懲處的必要？」。但見過小田切以後，狀況不同了。伊丹認為一定會有人被宰來獻祭，或許他是對的。
「還不清楚。」
「你欠我的吔？」
「真的。我也是才剛接受首席監察官的審問回來。調查才剛要開始。」
「我再打給你。」
電話掛斷了。
龍崎尋思起來。小田切要找代罪羔羊，龍崎是不是最適合的對象？他是現場負責人。同意SAT突擊的，無庸置疑就是龍崎。
在資歷方面或許也恰到好處。雖是第一種考試出身，卻因為家庭醜聞而遭到降調，將來已經無望升遷。對小田切來說，也是個容易下手處分的對象。

不可能砍掉伊丹，那麼遭到懲處的果然還是龍崎吧。感覺小田切也像是在強調他違反伊丹指示這一點。

如果龍崎還在警察廳，一定會害怕懲處。因為會影響升遷。龍崎以前認為，當官員就必須力爭上游，因為地位愈高，權限愈大，這意味著可以做到更多的事。

而他現在處於與官員不同的世界，是不必考慮升遷的環境。或許會被調到地方，但他覺得那樣也無所謂，反正署長的任期也不長久。

但他擔心妻子冴子。

美紀說，胃潰瘍幾乎都是壓力引起的。或許真是如此。

龍崎把家裡的事全都交給冴子，所以他才能全心全意投入工作，但冴子一定默默地承受著重擔。

每隔幾年就得搬家，結婚以後，從來沒有在一塊土地安定下來過。龍崎一直認為警察官員的生活就是如此，從來沒怎麼想過這會對冴子造成什麼樣的負擔。

如果又要被調到地方，一定會讓冴子面臨相當大的辛苦。健康的時候或許還能承受，但現在令人擔憂。或許會讓病情惡化。

「打擾了。」

貝沼的聲音令他回神。

「怎麼了？」

「我來奉還印章。」

是龍崎的印章。

「嗯，辛苦了。」

公文箱裡的文件減少了不少。龍崎悄悄盤算，往後就用這一招吧。

貝沼交出印章後，仍然沒有要離開的樣子。

「怎麼了？還有什麼事嗎？」

「監察那邊怎麼樣了？」

「監察官指出許多問題。」

「問題……？」

「他說還在預備調查的階段。所以今後究竟會怎麼發展，我毫無頭緒。」

這話真的難以啟齒。龍崎認為自己八成會受到懲處，但就算告訴貝沼也沒用。一個注定要被懲處的署長，肯定無人願意追隨。

電話響了，貝沼乘機離開署長室。

是伊丹打來的。

「啊，壽命減少了好幾年。你那邊怎麼樣？」

「監察官指出我身為大森署署長的責任，和前線本部長的責任。」

「具體來說是……？」

「緊急調度時，縱放歹徒一事，還有歹徒跟人質爭吵，但我們忽略了那起報案……這是身為署長的責任。同意SAT開槍和突擊，是身為前線本部長的責任。監察官還指出我沒有聽從你叫我不要動用SAT的指示。」

「應該讓SIT去應付的。」

「歹徒不肯溝通，屋內又傳出槍聲，狀況緊迫。」

「我基於立場，也不得不向監察官說明。」

「那當然了。」

「喂，別酸了。」

「不是酸，我是真心這麼想。」

「我對落網的搶匪供詞照單全收，身為刑事部長，我有責任。確實，我們不清楚歹徒持有幾發子彈，但就算是這樣，也沒必要讓SAT突擊。」

「你當時不在現場。人質和調查員曝露在危險當中。」

「如果拖成持久戰，或許可以圓滿收場。」

「不，這一點很清楚。歹徒不肯回應談判。SIT的下平係長説這很罕見，實際上歹徒也只接了一次電話，就再也不肯拿起話筒了。」

「問題是相信歹徒持有十發以上子彈這個未確認訊息，你就做出過火的應對。」

「我不認為那是過火的應對。」

「歹徒被擊斃時，手槍裡沒有子彈。」

「當下並無法確認歹徒有幾發子彈。」

「對媒體來說，那根本無關緊要。警方擊斃了沒有子彈的歹徒，只有這個事實才重要。換句話說，媒體無論如何都想炮轟警方就是了。小田切首席監察官應該更重視這一點。警方向來被批評包庇自家人，監察也被責難是息事寧人。所以小田切首席監察官才會採取格外嚴厲的態度。」

「確實，那與其說是在確定事實，感覺更像是在尋找血祭的對象。」

「你我或許都無法全身而退。」

「你應該不會有事。這不是需要懲處刑事部長的大事。若要做出懲處，對象應該是轄區的我。」

「對於警方擊斃嫌犯的問題，媒體和人權團體真的很神經質。這件事比你所想的更嚴重。」

「若是無法救出人質也就罷了，但事件確實解決了。換個觀點來看，這等於是警方對犯罪展現了絕不妥協的強硬態度。」

「總而言之，就看首席監察官怎麼處置了。」

「坦白說，要是現在被調到地方，我有點難以承受……」

「你才剛走馬上任嘛……」

「內人胃潰瘍，我女兒說是壓力造成的。如果又要調到地方，又得讓她吃苦了。」

龍崎忍不住說出了真心話。他不是對伊丹敞開心房了，或許只是變得有些軟弱了。

「是啊……」伊丹語氣消沉。「最好是能記個警告或申誡就過關……」

「就我的感覺，小田切先生顯然在考慮更嚴厲的懲處。」

「我也這麼感覺。噯，咱們在這裡煩惱懲處的事也沒用。消息是從哪裡走漏的，有眉目了嗎？」

「本來有一名可疑的調查員，但剛才他的嫌疑洗清了。」

「這樣啊。有什麼消息再告訴我。」

掛斷電話後，龍崎感到一陣無力。

歹徒持有手槍，並且挾持了人質，關在建築物裡，而且實際上還開了四槍。對照世界各國的常識，這樣一名兇嫌即使遭到擊斃，也是莫可奈何的事吧？

SAT的存在是為了什麼？警察內部居然為了這種問題鬧得沸沸揚揚。若是實際發生恐怖攻擊，真的有辦法應付嗎？從警界的這種反應來看，SAT的裝備和訓練都只是無用的長物。

龍崎決定不再胡思亂想，只做該做的事。他打電話到刑事課。

「戶高在嗎？」

關本刑事課長回答：「他現在外出……」

「回來之後叫他過來。」

「好的。」

「啊，你最好也一起過來。」

「出了什麼問題嗎？」

「不是什麼問題。來了我再詳細說明。」

龍崎放下話筒，開始在剩下的文件蓋章。

傍晚六點多，戶高和關本課長到署長室報到了。

戶高還是老樣子，一副憤世嫉俗的態度。關本課長站在龍崎辦公桌正面，戶高站在他旁邊。

龍崎對戶高說：「我向《東日》的社會部長確認過了，消息不是從堀木記者那裡流出去的。之前懷疑你，我向你道歉。」

關本課長說：「向社會部長確認……？」

「對，我們認識很久了。」

「嚇死我了。」戶高面露嘲諷的笑容說。「署長居然為了我這種小人物特地去確認？」

「這是當然的。事實必須查明。」

關本課長說：「但社會部長居然願意透露。」

「他說如果是堀木拿到的消息，他應該就不會告訴我。我請課長一起過來，是想在謠言傳開之前告訴你事實。」

「好的，我會留意不要讓錯誤的謠言傳出去。」

「沒事了。」

課長恭敬行禮，但戶高只是草草點了一下頭。

「課長，這是個好機會，最好也跟署長說一聲……」戶高說。

結果關本課長罵道：「不必多嘴。有必要調查的話，我會好好調查。」

「這是在說什麼？」龍崎問。

戶高說：「這次的事有一堆奇怪的地方……」

「什麼意思？」

「就是怪怪的啊……署長不這麼覺得嗎？」

那是挑戰的眼神。

戶高指的是什麼？

「我不認為有什麼奇怪的地方……」

戶高露出可以用冷笑來形容的表情。

「唔，就算我這種小小調查員提出疑點，也沒有人要理吧……」

關本課長不耐煩地說：「有必要我會向署長報告。走了。」

「等一下。」龍崎被勾起了興趣。「哪裡怪怪的？如果有任何疑點，也讓我知道一下。」

關本課長慌張地說：「戶高這話沒有根據，請不必當真。」

戶高怎麼看都是個乖僻的傢伙。但因為乖僻，有可能注意到其他人不會發現的面向。懷疑無人懷疑之處，也是調查員的工作。

「別管那麼多，告訴我吧。如果沒什麼意義，我自然會忘掉。」

關本課長用一種「真沒辦法」的表情看戶高。戶高看著龍崎，開口說道：

「我覺得奇怪的，是地域課說『磯菊』發生爭吵這樣的說法。」

「爭吵怎麼了嗎？」

「想想看，」戶高露出掂量龍崎偵辦能力的眼神說。「一名持槍歹徒闖進店裡要抓人質，這樣的兩造有可能發生爭吵嗎……？要是歹徒單方面恫嚇還有可能，但接到的報案說是爭吵吧？這不奇怪嗎？」

沒有人留意到這一點。先前龍崎也不覺得這有什麼好奇怪的。

「我並不覺得這有什麼不自然……」

「是啦，大家都這樣說。但如果歹徒手上有槍，誰敢跟他吵啊？」

「是嗎？但實際上就發生人質事件了。」

「不只是這樣而已。追根究柢，瀨島幹嘛跑到『磯菊』躲起來？好不容易躲過緊急調度了，他應該可以遠走高飛的。」

關本課長說：「這件事我們不是討論過了嗎？嫌犯瀨島不知道緊急調度已經解除，以為車站和幹線道路還有一堆警察。」

「就算是這樣，關在那種商店街裡的小餐館，不奇怪嗎？」

關本課長說：「人被逼急了，就會做出不可理喻的事來。」

「還有做飯。」

龍崎忍不住反問：「做飯？」

「對，就算是歹徒威脅人質去做的，但人質做飯這件事未免太說不過去了。這等於是讓人質拿到刀子。如果我是歹徒，就絕對不會冒這種險。」

龍崎思考戶高指出的三點事實。沒有任何人質疑。或許是注意力都集中在嫌犯瀨島遭SAT擊斃的事實上了。

但是就像關本課長說的，歹徒瀨島睦利的行動也不算是違背常理。龍崎問戶高：「那麼你想怎麼做？」

「也沒想怎麼做啊。」戶高說。「我也不想再增加工作……只是就是覺得不太對勁。」

確實，案子已經落幕，即使舊事重提，戶高也沒有好處。他只是執著於一些細微的疑念。但也可以說因為這樣，這些疑念十分純粹。

龍崎問關本課長：「戶高現在手上有什麼案子嗎？」

「當然，每一名刑警手頭都有案子要處理。」

「有辦法一邊處理，並重新調查人質事件嗎？」

「坦白說……」關本課長說。「刑事課分身乏術，實在沒辦法再去挖掘已經結束的案子。」

戶高開口了：「我一個人就可以了。」

龍崎看著戶高。

「那你手頭的案子怎麼辦？」

「事到如今，就算再增加一兩樣工作也沒差啦。」

龍崎點點頭。

「如果你能勝任，就重新調查看看。」

「署長……」關本課長說。「這是在浪費時間。再說，即使現在發現新的事證，也不會有人開心。歹徒落網時已經死亡，這樣不就結了嗎？」

戸高交互看著龍崎和關本課長，看起來也像在看好戲。他說：「我都無所謂啦。」

龍崎對戸高說：「你試試看吧。一發現新事證，立刻向我報告。」

關本面露不滿。因為這等於是命令戸高越過課長，直接向署長報告。

但龍崎決定不理會。能接到第一手報告是最好的。要是中間夾個課長，可能會有重要情報被隱瞞，或添加多餘的訊息。

龍崎不是不信任課長，只是視情況，有時也必須改變組織的架構。

「有必要時，我一定會告知課長，這樣可以嗎？」龍崎說。

「嗯……」

關本課長依舊不滿地點點頭。

17

這天也是，核批完所有的文件時，已經八點多了。回到自家，家中一片冰冷。他立刻就發現原因了。

沒有炊煮的香氣。廚房沒有人。龍崎在餐桌旁佇立了好半晌。

他敲敲邦彥的房門。門馬上就開了。

「幹嘛……？」

「美紀呢？」

「不知道。」

「你吃飯了嗎？」

「吃泡麵跟麵包。」

「喂，考生體力很重要，也要注意營養。」

「爸要我煮飯嗎？」

確實，有空煮飯，倒不如多背一個單字。

「不，你在念書？」

「對。」

「不好意思打擾了。」

「欸，DVD看了嗎？」

完全忘了。

「不，一直沒時間……」

「爸只要看了，一定就能明白我想說的意思了。」

「好，我一定會看。」

感覺精神上沒那個餘裕。但現在也只能這麼回答吧。

龍崎回到客廳，想打電話給美紀，拿出手機。

美紀接了，但她似乎在非常吵鬧的地方。

「你在哪裡？」

「跟朋友吃飯，討論求職的事。」
「會很晚回來嗎？」
「就快回去了。抱歉不能幫爸煮飯。」
「晚飯我自己會解決。你去看過你媽了嗎？」
「看過了。」
「她還好嗎？」
「嗯。可是明天我要拜訪公司，實在沒辦法在會客時間以前去醫院。」
「你送換洗衣物過去了吧？」
「對。」
「那就沒事了。」
「媽一定也很不安，爸，你去看看媽啦。」
「有時間我就去。」
「好。掰掰。」
電話掛斷了。

龍崎去廚房打開冰箱，連昨天的剩菜都沒有。現在出門去吃飯也嫌麻煩。

他沒想到妻子不在家，影響居然這麼大。在家裡，龍崎幾乎沒有一樣會做的事。

孩子出生時，妻子是一個人設法撐過來的。他不記得當時過著怎樣的生活。也許自己都在外頭吃飯，又或許連晚飯都在職場吃。

年輕的官員極為忙碌，也覺得當時似乎根本沒時間在家吃晚飯。在地方進行少主修行時，也經常接受招待應酬。

冰箱有熱狗，他用平底鍋炒了一下。啤酒只剩下一罐。

龍崎喝啤酒配熱狗，這就是這天的晚飯。

他連浴室的熱水怎麼加熱都不曉得。應該只需要按個鈕就能放熱水了，但他不太敢用瓦斯。萬一操作不當，發生事故就糟了。

他試著轉開蓮蓬頭，有熱水。今天沖澡就好了。

如果冴子就這樣再也不回來，我會怎麼樣？心裡忽然冒出這個念頭，龍崎強烈地不安起來。一直以來他總是主張自己必須工作，家裡的事就交給冴子。

這話的意思也等於是，他徹底依賴冴子。待在警署的時候，有堆積如山的事情必須思考，但一回到自家，便擔心起冴子的病情來。

檢查結果出來了嗎？甚至還沒有跟主治醫師說過話。應該跟醫師談談吧。但自己有時間離開警署嗎？

不，問題是可以在公務時間離開警署去醫院嗎？伊丹說每個人都會為了私事離開一下職場。

也許真是如此。如果沒有其他辦法，也只能這麼做。但一進到警署，又有一堆非做不可的事、非操心不可的問題。或許回過神時，又已經過了醫院的會客時間。

快十點的時候美紀回家了。臉很紅，似乎喝了酒。她已經成年了，喝個酒應該不算什麼，龍崎卻不知為何感到不悅。

「咦，連電視也沒開，怎麼了？」

「不想看新聞，也不想看新聞以外的節目。」

「真難得，爸不是都一定會看有什麼新聞嗎……？」

「那是待在長官官房的時候。」

「明天我一早就要出門，先去睡囉。」

「你明天會很晚回家嗎？」

「不知道。應該傍晚就可以回來……」

「告訴我浴室的水怎麼加熱。」

美紀笑了出來。

「按個鈕就好了啊。」

「告訴我是哪個鈕。」

美紀前往浴室，龍崎跟上去。美紀指示脫衣處的面板說：「按這個鈕就行了。然後就會自動放水，自動加熱。」

「好。」

「晚安……」

美紀回去自己的房間了。

龍崎也決定去睡。能睡的時候就要盡量睡。因為警察幹部不知道什麼時候會被叫起來。

龍崎忽然想到一件事。

確實，不管是三更半夜還是黎明時分，只要出事，接到聯絡，他就必須出門。待在地方警察本部時是如此，現在當了署長也是一樣。

要出門的龍崎很累，但妻子也一定會被吵起來。龍崎自覺這是自己的職務，所以即使難受也可以忍耐，但是冴子呢？她長年過著不知何時會被吵起來的不穩定生活，或許這一直令她難以忍受。

但冴子仍然從來沒有怨言。或許就像美紀說的，她一個人默默累積著壓力。

如果龍崎受到某些懲處，又會讓冴子擔心。這令他憂慮。

上床以後，他想起明天要穿的襯衫，起身打開衣櫃抽屜。裡面應該有幾件收在固定洗衣店塑膠袋的襯衫，卻遍尋不著。

應該是送洗了還沒有拿回來。明天得繼續穿今天的襯衫了。

龍崎不知道搬家以後，冴子都去哪家洗衣店。也不知道收據放在哪裡。美紀的求職活動正進入關鍵時期，應該沒空做家務。邦彥也是考生，無暇幫忙家事。

看來非得去醫院一趟，向冴子問清楚許多事才行。龍崎憂鬱萬分。他從來深信沒有過不了的難關。事實上，工作上的問題他也確實一一克服了。

但妻子住院卻是截然不同的問題。龍崎真的束手無策了。

隔天上午九點，警察廳來電，要求龍崎向小田切首席監察官報到。龍崎說會在十點過去。

他覺得心情很糟。昨天小田切說是預備調查，但隔天立刻又把他叫去，或許是又發現了什麼對龍崎不利的事證。

他依約在十點抵達警察廳，和昨天一樣，前往小田切首席監察官坐鎮的小會議室。

小田切前面堆放著數量比昨天爆增許多的文件，還打開了電腦。

「請坐。」小田切說。

龍崎在昨天的位置坐下。

「我想確定相關事實的一些細節。」小田切同樣不看文件地說。「你說歹徒接過一次電話，記得時間嗎？」

龍崎記得。

「是十一點四十五分左右。」

小田切點點頭。

「電話馬上就掛斷了，對吧？」

「是的。」

「歹徒說了什麼？」

「叫我們不要再打電話過去。」

「SIT接下來仍繼續打電話，對吧？」

「是的。」

「然後午夜十二點三十分左右，歹徒開槍。接著第四次槍聲從店內傳出，

SAT在凌晨一點十分突擊。以上說的正確嗎？」

「沒錯。」

「這段期間，你和伊丹刑事部長有聯絡嗎？」

「前線本部的對話，指揮本部都聽得到，所以一有狀況，伊丹刑事部長就會立刻聯絡。」

「當時伊丹本部長指示不要出動SAT，對嗎？」

「他確實這麼說。」

「但你無視於這項指示。」

又是同樣的問題。

「伊丹刑事部長希望由刑事部主導處理事件。我認為他要求避免動用警備部的SAT，是出於不太有意義的警視廳內部對立。」

「你認為這個判斷是對的？」

「我認為是對的。」

一小段沉默。接著小田切慢慢地說：「你能斷言，當時你處於可以做出正常判斷的心理狀態？」

他到底在說什麼？

「這是當然。」

「午夜十二點十分左右，你接到家人的來電。從你的家庭成員來看，應該是女兒或兒子打電話來，對嗎？」

這個問題太令人意外，讓龍崎有些愣住了。他必須整理一下記憶。那是歹徒唯一一次接起電話，到最後一次開槍中間發生的事。

他確實接到美紀的電話。

「小女有打電話來。」

「是通知太太住院的消息，對吧？」

龍崎想，小田切查過警察醫院的記錄了。也有可能是伊丹說出住院的事。女兒來電的事，應該是聽當時前線本部的某些人說的。

這件事就算撒謊或隱瞞也沒用。

「沒錯。內人被救護車送去醫院，直接住院了。」

「你一定非常擔心。」

龍崎知道小田切想說什麼。

「我當然擔心，但這並不影響我在前線本部的判斷力。」

「你能斷言？」

「我能斷言。」

小田切注視了龍崎一陣子。

小田切不是在懷疑，只是在尋找煞有介事的理由。龍崎接到妻子住院的消息，是否驚慌失措並不重要。只要找到他應該要六神無主的理由，目的就達成了。

也就是說，只要其他人能接受，當時龍崎是因為心神慌亂，無法做出正常的判斷就行了。這樣就足以懲處龍崎了。

在日本，一旦遭到起訴，定罪率高達百分之九十九．九。這意味著一旦被起訴，不論如何辯護，都會被判有罪。

龍崎現在正體認到這個事實。小田切的調查手段，根本是以懲處龍崎為前提而展開。

龍崎被逼到絕路了。

小田切為了懲處龍崎，甚至利用了妻子住院的事實。

他並不生氣，只感到無力。他有自信自己做了正確的事。但即使主幹正確，只要旁枝末節有一點過錯，就會被擴大解釋，拿來當成懲處的理由。

對於伊丹，小田切應該不是這種窮追猛打的做法。伊丹不會被懲處。也為了保住伊丹這個警視廳刑事部長，需要某個犧牲者。現場負責人的轄區署長是再適合不過的人選。

「我問完了。」小田切說。「辛苦你來一趟。」

意思是「你沒用了，可以回去了」。龍崎只能默默離開會議室。

龍崎回到署裡，看見戶高正要去署長室，便叫住他。

「有什麼進展嗎？」

戶高一臉驚訝。

「才昨天的事吔，別那麼誇張好嗎？我只是一個小警察，就算要查，也是有極限的。」

「你想知道什麼？」

戶高的表情忽然變得奸巧。

「署長要幫我安排？」

「如果必要，我可以安排。」

「我想要鑑識的資料。當時到現場的是本廳的鑑識，所以轄區沒有拿到詳細的資料。」

「好。只有這樣嗎？」

「我想跟突擊的SAT談談。」

「SAT……？談什麼？」

「結果我會報告給署長啦。還是說署長無法相信我？」

無法相信。但龍崎漸漸覺得戶高或許能查出些什麼。

「好，我會聯絡小隊長石渡。」

「了解。」

龍崎轉身背對戶高，就要前往署長室，結果戶高叫住了他。

「署長，你會被懲處嗎？」

龍崎回頭。

「還不清楚，但很有可能。」

「意思是有可能會被調去別處？」

「有這個可能。」

「咦，那太沒趣了。」

戶高留下這話離開了。

18

龍崎決定工作到下班時間，然後去警察醫院。他查了一下會客時間，發現是下午三點到八點。下班後再過去也完全來得及。

當然，他不可能在下班時間前完成所有的工作，但總比在上班時間去探病要來得好。

龍崎離開署長室，齋藤警務課長見狀驚慌地問：「署長要下班了？」

「不，我去一趟醫院，一小時就回來。」

反正叫課長先回去，他們也不會回去。

「要坐署長車嗎？」

「我是去辦私事，如果坐署長車被媒體發現，不曉得又會被寫成什麼樣子。」

警署周圍還有許多帶著攝影機的媒體聚集，貝沼也為了控制署內的記者而煞費苦心。

如果這是美國的總統或閣員、州長，不管是私事還是公務，應該都會搭乘公務車。

理由是基於安全考量。公務車是為了保護使用者的安全而配備的。換句話說，提供重要人士公務車，是為了避免他們遭到暗殺或綁架。

然而日本似乎仍把公務員座車當成奢侈品。或許是危機管理認知上的不同，但是在野黨、左翼市民團體等等，都把公務員及議員搭乘公務車辦私事視為問題。

要甩掉媒體，必須搭計程車。如果搭電車，一定會有媒體一起上車尾隨。

龍崎疲憊不堪，並處在無力感的煎熬中。他覺得不管如何掙扎都贏不了小田切。一旦與優秀的警察官員為敵，其棘手難以言喻。

白晝愈來愈短了。白天秋老虎還很烈，但太陽一下山，風便涼爽起來。

「咦，你怎麼來了？」

龍崎來到病房，冴子打從心底驚訝地問。

「這是什麼話？我來探望你。」

「探病的話，至少也帶個水果吧？」

「抱歉，我從署裡趕來的……」

「開玩笑的。」

冴子住的是單人房，交談時可以不必顧慮周圍。

「檢查結果出來了嗎？」

「還沒有。還在排隊。綜合醫院做什麼都很花時間。」

「這樣啊……我想跟主治醫生談談……」

「這個時間只剩下值班醫生了。主治醫生應該回去了。」

「我不太清楚這種情況的程序……」

「你好像很累？」

「還好。人質事件也解決了。」

「歹徒被擊斃，輿論好像抨擊得很厲害不是嗎？」

「那跟我無關。」

只能撒謊了。不能在這時候增加冴子的憂慮。

「那就好……」

「對了，沒有乾淨的襯衫了……」

「咦，我有交代美紀去洗衣店拿啊？」

「美紀昨天很晚才回家。」

「那洗衣店應該關門了吧。她今天應該會去拿。」

「不曉得。她好像求職很忙……」

「我打電話提醒她。」

「不，沒關係。告訴我洗衣店在哪，我自己去拿。」

「收據在美紀那裡。」

「報上名字，說明狀況，應該就可以領了吧。」

「不，我叫美紀去拿，你不必為這種事操心。」

「有什麼我能做的事，我可以做。」

「你不用操心家裡的事。」

「就算你這麼說，我什麼都不會，實在太窩囊了。」

冴子什麼也沒說。

「我再來看你。有什麼需要的東西嗎？」

「沒有，不必擔心。」

「那我回去署裡了。」

龍崎前往門口。

「孩子的爸。」

龍崎停步回頭

「什麼事？」

「人事異動決定的話，要提早告訴我唷。」

真是敵不過她。

龍崎默默點頭，離開病房。

在署裡處理完工作，九點多回到家，看見桌上放著涼掉的披薩，就放在披薩店的紙盒裡。

旁邊擺著用紙繩束起、裝在薄塑膠袋裡的襯衫。應該從洗衣店領回來的。

披薩盒旁有張字條：「微波後再吃」。好像是美紀的字。她似乎不在家。

邦彥從房間探頭出來。

「你回來了。」

「美紀不在嗎？」

「傍晚回來過，又出門了。」

「這樣。」

邦彥似乎有話想說。八成是DVD的事。龍崎說：「今天晚上我會看。」

邦彥害臊地點點頭，關上房門。

打開冰箱，但沒有啤酒了。昨天喝掉最後一罐了。妻子住院了，沒有人補充庫存。

龍崎猶豫是要忍耐，還是去買？結果決定在更衣前去買。最近超商也能買到啤酒，而超商到處都有，不必特地尋找酒行。

他買了六罐裝啤酒回家，微波披薩。嚼著披薩，用啤酒沖進肚裡。

龍崎並不覺得不滿。披薩久久吃一次，味道也不差。他對食物沒興趣，有什麼就吃什麼。

他邊用餐邊看晚報。報紙還在報導SAT擊斃挾持人質歹徒的事件。左派大報彷彿逮到機會，總動員人權團體，炮轟警方的做法。

沒力氣一一為這種事動怒。這份報紙雖然現在滿口人權，但在中日戰爭、二次大戰時，卻是毫不遲疑地刊登大本營聲明（註：日本軍方在二次大戰時所做出的戰況聲明。隨著戰事日漸失利，開始粉飾損傷、誇大戰功，甚至做出顛倒勝敗的聲明。現在被當成政府或當權者利己而不足採信的聲明代名詞），煽動國民上戰場。

戰後，報社立場丕變，開始宣揚民主主義、言論自由，但現在歸入電視台旗下，汲汲營營於如何在媒體競爭中脫穎勝出。

報紙要存活，不僅是依靠訂報費，更多的是靠廣告收入，因此無法對廣告商有任何意見。電視台也不敢違抗贊助商。龍崎很質疑媒體這副德行，能有什麼言論自由可言？

如果現在發生政變，日本再次變成中國或俄國那樣的專制國家，現在宣揚人權和言論自由的大報，一定也會立刻變成政府的御用報紙。這是洞若觀火的事實。龍崎完全不相信媒體。

但國民輕易就會被報紙和電視迷惑。所以站在警方的立場，也不能忽視媒體。

小田切首席監察官想要一個人應付媒體對警方的攻擊。他會想要找人當代罪羔羊的心情也不是不能理解。除非獻上一頭代罪羊，否則歇斯底里的人權團體和媒體是不會善罷甘休的。

既然如此，拿我獻祭就是了。

龍崎想。

如果這樣就能平息風波，我就任憑你們宰割吧。他已經無所謂了。怨誰都沒用。伊丹出於刑事部長的立場，也必須為自己辯白。

野間崎管理官的做法令人不齒，但原因都是龍崎與他結怨。等於是龍崎自做自受。

不管是媒體、人權團體還是國民，甚至是警察幹部，都不明白現場發生了什麼事。有個持有槍械的兇嫌，不知道什麼時候會有子彈射過來。那種恐怖，不親身經歷現場是不會了解的。

在這樣的狀況中，SIT為了確保人質安全，盡了最大的努力，而SAT不顧危險，奮勇突擊。

這些付出不被理解，令龍崎感到不甘。確實，警察官員和幹部不能被現場的狀況沖昏頭。他們的任務是冷靜地做出判斷。但不了解實際狀況，僅依據紙上談兵做出指示，只會對現場造成困擾。

龍崎還是一樣沉浸在無力感中。已經無力回天了。首席監察官看起來心意已決。他一定是經過冷靜的評估，試圖以最小的犧牲來保全警察組織。龍崎覺得這樣是對的。所以他才無能為力。連抵抗都是徒勞。

他甚至沒力氣入浴了。

他坐在沙發上，看見邦彥留在桌上的動畫DVD。他茫茫然地看著那封面。

不知何時又會發生案件，應該趁現在有時間快點看一看，但他就是提不起勁來。

龍崎從冰箱拿來啤酒，心想把DVD當成下酒的情境影片就行了。反正八成很無聊，就看個開頭，後面快轉過去吧。

龍崎這麼想著，將光碟片插入播放器，在沙發坐下。一手拿著啤酒，看起影片來。

卡通都是騙小孩的。龍崎完全無法理解都已經高中畢業的邦彥怎麼會沉迷於這種東西？

悅耳的音樂傳出，令龍崎一陣詫異。他還以為會聽到勇壯但滑稽的主題曲。

開頭第一幕，立刻就令他無法移開視線了。

這是什麼……？

場景有如中世紀歐洲，但深邃的森林裡有著從未見過的巨大昆蟲四處飛舞。

那不可思議的世界觀令龍崎困惑。

隨著故事發展，他漸漸了解這個世界曾經發生過一場大戰，使得環境遭到毀滅性的破壞。再也無法住人的土地上，形成了散發出劇毒氣體的森林。那裡是巨蟲的世界。

有一座風吹過的山谷，奇跡似地免於遭受劇毒大氣的影響。谷中有座小村落，村落本身就像是一個國度，那裡的公主就是女主角。

女主角發現散發出毒氣的森林的真面目。森林從受污染的大地吸取毒素、散發出來，試圖讓大地重生。

巨大的昆蟲群以森林守護神的身分象徵性地登場。

山谷的村落被捲入大國之間的戰事，而象徵性的巨大昆蟲群因為戰略而失控了。

少女挺身對抗。

不是出於父王遇害的憎恨。

也不是為了抵抗大國的野心。

也不是為了贏得戰爭。

而是為了平息巨大昆蟲所象徵的大地憤怒而戰。

她具備智慧、勇氣和信念，但她最大的武器是溫柔。

她憑藉著溫柔，贏得了不可能的戰爭。

兩小時後，龍崎發現自己正茫茫然地注視著螢幕。

他打從心底驚奇不已。

這部動畫與龍崎所知道的外國卡通截然不同。首先，它的表現力令人驚訝。整部影片的音樂也動聽感人。

最重要的是，影像的力量完全震撼了他。

他不由自主地受到感動，而且是非比尋常的感動。他甚至感覺獲得了勇氣。挺身對抗不需要大義，只需要小小的理由就夠了。只要擁有信念，就可以為它而戰。只要有想要守護的人，為他們對抗就是了。

龍崎覺得心中有股豁然開朗之感。

我在軟弱些什麼？

龍崎審視自己的立場。如果他在這時候向小田切屈服，家人又要委屈難過了。如果龍崎犯了什麼錯，受到懲處，那也是沒辦法的事。但事實上他並沒有做錯。

而且如果龍崎接受懲處，也等於是承認在現場作戰的SIT和SAT有過錯。

那個時候，SAT的小隊長或許是有些急功近利。但若缺少那樣的強勢，根本無法對抗恐怖犯罪。

現場的每個人都盡了最大的努力。這一點是千真萬確的。

龍崎感到熱血沸騰。

連自己都覺得真是單純，但改變就是這麼一回事。只要一個契機，就能改變。

龍崎把光碟收進盒子裡，前往邦彥的房間。

「幹嘛……？」

龍崎敲門，邦彥探頭出來。

「我看完了。」

「……然後呢？」

「太棒了。爸對動畫徹底刮目相看了。」

邦彥露出開心的表情。

「我就知道爸會這麼說！要不要看別的？」

「好，我會找時間看。」

邦彥折回房間，拿了別的DVD回來。

「這是啟發那部知名的《駭客任務》的動畫作品。」

「《駭客任務》不是好萊塢電影嗎？這是外國的動畫嗎？」

「不是，是日本的動畫。但這部動畫在全世界都有影迷，也影響了好萊塢的創作家。」

「是怎樣的內容？」

「描述生化人調查員的活躍，那些調查員可以在脖子的地方用接頭連接網路世界，總之它的影像和創意非常嶄新。」

「既然是調查員的故事，那更是非看不可了。」

「爸可以了解我想從事動畫行業的想法了嗎？」

「我知道世上有很棒的動畫作品了。但要怎麼當成職業參與，又是另一個問題。總之你要考慮仔細。」

邦彥點點頭。

「我知道，我會好好考慮。但我的意願應該不會變。」

「既然是你做出來的決定，爸不會干涉。」

「總之我會先努力考上東大。」

「是啊。」

龍崎折回客廳。

他坐在沙發上，仔細回想案發後的種種。

戶高指出的疑點，他先前幾乎沒放在心上，但這時卻突然好奇起來。坦白說，他本來認為就算戶高重新調查，事到如今也不能改變什麼。

這麼說來，SIT的下平係長的發言也令人耿耿於懷。

他說一般挾持人質據守的歹徒都一定會接電話，這次的案例很特殊。或許這也有什麼意義。

媒體和人權團體抨擊的點，是SAT擊斃沒有子彈的歹徒。龍崎現在依然相信這樣的做法本身並沒有錯，問題是給人觀感不佳。

若是查到某些媒體和人權團體也能接受的事證，小田切首席監察官應該也會改變方針。

SAT突擊時，「磯菊」裡發生了什麼事？其實他們幾乎一無所悉。因為SAT擊斃歹徒的印象太強烈了。

「磯菊」裡到底發生了什麼事？不深入了解，就不能算是盡了前線本部長的責任。

也許即使調查，也改變不了什麼。但毫不知情地接受懲處，與充分了解後受到懲處，完全不一樣。

龍崎決定，要盡人事聽天命。

19

隔天是星期六，但龍崎一如往常，在八點十五分左右來到署裡。上日班的署員休假，但地域課和交通課等輪班制的署員照常上班，因此署內與平日並無太大的不同。

刑事課也是白天勤務，因此他以為除了值班人員以外，或許都休假去了。

龍崎不怎麼期待地前往刑事課查看，令人驚訝的是，戶高正坐在辦公桌前讀東西。

「假日上班？」

龍崎出聲，戶高抬起頭來。

「署長……」

很多署員會在這時候起立，但戶高沒有這麼做。

「刑警才沒有假日呢。」

不管是日班還是輪班，規定中，警察一星期的工時是四十個小時。但實際上一旦發生案子，就無法計較刑警的上班時數。

「之前那件事有什麼進展嗎？」

「我正在看署長幫我弄來的鑑識文件。不愧是本廳，真有一手。」

這個人居然也會稱讚別人？令人意外。

「具體上來說是……？」

「現場掉落的彈殼全部撿起來了。總共有十顆。歹徒擊發了四槍，所以SAT開了六槍。彈頭也全部挖出來了。天花板找到一顆，應該是SAT照規矩先進行了警告射擊。」

「彈殼和彈頭的數目相符嗎？」

「相符。要找到全部的彈頭，應該相當困難。」

戶高說的應該是真的。歹徒朝戶外開了三槍。如果只有室內，找到彈痕應該不怎麼困難，但若是戶外，肯定相當棘手。

最初也是鑑識查出歹徒擊發的子彈是九毫米。這表示在那個時間點，至少找到了一顆射出戶外的子彈。

「可是，」戶高說。「沒有進行彈道比對。」

「應該是判斷沒那個必要。因為從狀況來看，歹徒顯然是被SAT擊斃的。」

「就是這個狀況會搞怪。」戶高說，就像在嘲笑龍崎對偵辦案件的經驗匱乏。「人們往往會一廂情願地去認定。」

「怎麼會……？歹徒瀨島持有貝瑞塔手槍，SAT配備的是衝鋒槍，只要看看歹徒體內的子彈，不就一目瞭然了嗎？」

「署長誤會了呢。」

「誤會什麼？」

「瀨島的貝瑞塔手槍，跟SAT的MP5衝鋒槍用的是一樣的子彈。」

這話令龍崎意外。龍崎對槍械確實陌生。他知道左輪手槍和自動手槍用的是不一樣的子彈，也知道不同口徑，子彈的種類也不同。

所以他一直以為手槍和衝鋒槍用的是不一樣的子彈。

「真的嗎？」

「是啊，兩種槍用的都是九毫米魯格彈。衝鋒槍最大的優點就在於它可以使用手槍的子彈，只要攜帶一種子彈就夠了，提高了通用性。」

龍崎想，自己現在的表情一定很蠢。

戶高說：

「所以除非進行彈道比對，檢查彈頭上的刮痕，否則無法確定子彈是從哪一把槍擊發出來的。彈道比對還有另一個意義，就是確定瀨島中槍時，子彈是從哪個方向、哪個角度射過來的。這麼一來，可以更清楚他是被誰擊中的。」

「可是……除了SAT以外，還有誰會開槍？難道是瀨島自己射自己嗎？」

「不能說完全沒有這個可能性吧？不管SIT打上多久的電話，歹徒都不肯接。換句話說，他也有可能已經覺悟要一死啦。」

戶高這番話，似乎更進一步暗示了別的可能性。戶高取出幾張照片。

「請看這個。彈殼掉落的地點做了記號。」

「嗯。」

「三顆在窗戶旁邊……這是對屋外開槍的時候掉落的吧。然後這一顆在門口附近。是SAT的MP5排出來的彈殼。問題是這一顆，只有一顆掉在很遠的地方。看好了，瀨島倒在這邊，然後人質在這邊。這個彈殼，就只有這一顆掉在瀨島跟人質中間。」

戶高指出的彈殼，應該是歹徒擊發的第四發，也就是對室內開槍時所排出的彈殼，因此與其他三顆相距遙遠。

「手槍和衝鋒槍的彈殼在射擊時會彈跳出來，或許是撞到東西彈到那裡的。」

「有這個可能。彈殼確實跳得很猛，有可能撞到東西，掉落到意想不到的地方。但這個彈殼就是讓我覺得怪怪的。」

龍崎嚴肅思考戶高的話。

「你之前說有三個疑點。」

「對。」

「第一點是歹徒似乎與人質發生爭吵，第二點是歹徒應該可以遠走高飛，卻選擇了『磯菊』閉門據守。第三點是人質做飯。」

「沒錯。」

「從這三個事實可以看出什麼？」

戶高微微聳肩。

「也看不出什麼啊。只是覺得不太對勁。刑警看的是人際關係。我們負責的重案犯罪，都是人與人之間的問題，所以會特別留意人際關係。」

「你應該有什麼推理，告訴我。」

「署長知道辦案最忌成見吧？」

戶高露出彷彿嘲笑的笑容，但龍崎漸漸不在乎他這種笑法了。他開始認為，或許這是戶高的自信顯露。

「沒關係，說給我聽。」

「是沒有任何確證啦，不過我懷疑瀨島跟人質的源田夫妻可能認識……」

龍崎研究這句話。確實，從戶高指出的三點來看，瀨島有可能認識源田夫妻的其中一方，或是雙方。

「這麼一來，人質事件的性質就大不同了。」

聽到龍崎的話，戶高點點頭。

「會是這樣呢。」

「那麼你所指出的彈殼的位置，或許也具有重大的意義。」

「咦，署長看出來了嗎？」

「我也不是傻子。」

「又沒有人這樣說。我本來就想跟課長說，但課長不想把已經解決的案子再挖開來。我一直以為上頭的人個個都是老頑固。」

也許戶高是個優秀的刑警。有時人因為優秀，反而會吃苦。也就是他可能遭遇過因為上頭的命令，不得不眼睜睜放過犯罪的情形。而且還是不少次……

這樣的事情三番兩次，也會忍不住要變得憤世嫉俗。

「你說你想跟SAT談談，已經談過了嗎？」

「不，還沒有。」

「我可以一起去嗎？」

戶高驚訝地看著龍崎。

「署長要查案嗎？」

「我也是警察。如果不會妨礙到你，我想一起去。」

「一定會礙到的啦。」戶高說，歪嘴一笑。「不過好像很有意思。」

這傢伙真難搞。

「在那之前我想先處理一些事，結束後再叫你。」

戶高點點頭。

「我先聯絡SAT的石渡。」

龍崎前往署長室，打到伊丹的手機。

「怎麼了？」伊丹立刻接了電話。

「你在家？」

「對。」

「我想拜託你一件事。」

「你居然要拜託我？」

「我想這對你來說也是必要的。我希望你下令檢驗一下人質事件歹徒體內的子彈彈道。」

「喂，事到如今為什麼還要那麼做……？」

「我們的調查員看到鑑識報告，認為有這個必要。」

「喂，案子已經結束了。」

「除非查出是誰開的槍，案子不能算結束。」

「你在說什麼啊？就是SAT開的槍啊。我知道你被首席監察官叮得滿頭包，處境艱難……」

「跟那個無關。有可能查到新的事證。」

「歹徒已經死亡，移送檢方了，你還要做什麼？」

「有必要釐清事實真相。我是現場負責人，而你是指揮本部全體的負責人。若是遺漏這件事，有可能被迫負起莫須有的責任。」

「你到底在說什麼？」

龍崎說明戶高指出的三個疑點。說完後，仍有好一段沉默的空檔。伊丹是在思考吧。

「……那，如果歹徒跟人質本來就認識，又會怎麼樣？歹徒闖進認識的人家裡，抓了住戶當人質，只是這樣而已吧？」

「有一顆彈殼掉落在不自然的位置。」

「彈殼……」

「對。鑑識把掉落的每一顆彈殼位置都記錄下來了。大部分的彈殼都能從狀況來解釋位置，卻只有一顆彈殼掉在人質與歹徒之間。」

「這又怎麼了？」

「不清楚。就是因為不清楚，才需要檢查彈道。」

「你要舊案重炒？」

「如果必要，就從頭查起。」

「別說傻話了。這沒有意義。」

「有意義。你還看不出來嗎？你是刑事部長吧？我真懷疑你的辦案直覺。」

「我應該要看出什麼？」

「槍殺歹徒的有可能不是SAT。歹徒可能是自殺的，甚至是……」

「甚至是什麼？」

「是我們以為是人質的兩人之一射殺的。」

「喂，這太荒唐了……」

「如果歹徒和人質認識，這就是很有可能的事。從狀況來看確實難以想像，但除非進行彈道鑑定，否則不可能知道明確的事實是什麼。歹徒持有的手槍，和SAT使用的衝鋒槍用的是一樣的子彈。」

「確實是這樣……」伊丹的語氣轉弱了。

「你聽好，你也知道小田切首席監察官為什麼要強勢展開監察吧？就是因為媒體抨擊SAT擊斃了手槍沒有子彈的歹徒。但如果擊斃瀨島的不是SAT，首席監察官就沒有理由追究你我了。」

又是一段沉默。

「你有勝算嗎？」

「要試過才知道。」

「好。我星期一就要他們去做。」

「愈快愈好。你立刻安排。」

「就只有這件事？」

「我想跟當時指揮現場的SIT係長談談。他叫下平。」

「我叫他打去你的手機。」

電話掛斷了。伊丹總算行動了。或許是搬出首席監察官奏效了。伊丹一旦行動，就會做到好。這一點可以信任。

五分鐘後手機響了。

「我是龍崎。」

「我是特殊犯搜查第二係的下平。伊丹部長要我致電署長……」

「對，不好意思要你打來。我現在正在重新調查人質事件。因為有一些不明白的地方，想要請教你一些問題……」

「好的，隨時都可以。」

「現在也行嗎？我過去警視廳……」

「不必署長跑一趟，我過去那邊。到大森署就行了嗎？」

「那太好了。我在署長室等你。」

掛斷手機後，龍崎打內線給戶高。

「你聯絡SAT的石渡了嗎？」

「他說今天是訓練日，要傍晚以後才有空。天哪，星期六還訓練，打死我也不想加入SAT。」

「就算你想進去，人家也不收吧。」

「說的也是。」

「SIT的下平要過來，你要一起見他嗎？」

「好。我也有些事情想問他。」

來電後約三十分鐘後，下平來了。

「我們的調查員想要在場，方便嗎？」

「當然沒問題。」

龍崎撥打內線，戶高立刻過來。

介紹兩人後，龍崎要他們在會議桌旁的椅子坐下，對下平說：

「你說過好幾次，這次人質事件的歹徒十分反常。」

「是的。」下平斬釘截鐵地回答。「我這麼感覺。」

「一般的話，這類歹徒一定會接電話，但這次的歹徒卻不是如此。」

「沒錯。」

「歹徒雖然接過一次電話，但立刻就掛掉了，然後再也不接電話。這是很罕見的情形嗎？」

「是的，可以說是特例。據守室內的歹徒，一開始會對警方來電感到氣憤，但慢慢地會透過接聽電話來得到安心。」

「那麼比方說，如果歹徒已經決心自戕，是不是就有可能出現這次的情形？」

「恰恰相反。認為自己死路一條的歹徒，會想要把自己的死歸咎於他人。因此會希望在死前留下訊息。」

「這樣啊……」

龍崎正在尋思下平這段話，戸高開口說：「我可以提問嗎？」

下平的階級應該比戶高還要高，但戶高的口氣完全不在乎上下關係，下平也不太介意的樣子。

「請說。」

「你們說歹徒接過一次電話，但有查證過接電話的人真的是瀨島嗎？」

下平的表情沉了下來。

「不，沒有查證。但從電話內容來看，每個人都認為接聽電話的就是歹徒。」

「對方說了什麼？」

「『吵死了！不要再打來了！』然後就掛斷電話了。」

「接下來就再也不接電話了？」

「沒錯。」下平看龍崎。「其實我當時也覺得有必要確定那聲音是否就是歹徒。」

「你有告訴任何人嗎？」

「不，我沒有機會提出來。」

「為什麼？」

「SAT突擊的時候，我們的角色已經結束了……」

「關於這一點，我覺得很抱歉。」

「不，署長不必這麼說。當時響起第四道槍聲，狀況十萬火急。我認為派SAT突擊，是逼不得已的做法。」

「如果接電話的不是歹徒，有哪些可能性？」

「第四道槍聲可能有問題。」

「怎麼說？」

「前三槍是朝戶外開槍的，顯然是意圖嚇阻警方。但第四槍是在室內開槍的。換句話說，有可能是為了威嚇以外的其他目的。」

「也就是說……？」

「接下來就是臆測了，不應該輕率說出口。」

「這並不是正式記錄的會議。」

「特殊犯係向來小心翼翼，甚至不讓記者俱樂部（註：日本的新聞機構所組成的聯合組織，會在日本政府各機關單位設置記者室，有記者常駐）的記者知道身分。我們受到的訓練，要我們連發言時也充分留意。因為有時一句話就有可能要了自己的命。」

「好。那麼我們提出我們的看法。戶高，你來說明。」

戶高露出有些嫌麻煩的表情，但還是說出他認為可疑的三個疑點，以及彈殼的位置。

下平只是點頭，一語不發。他很謹慎，但並沒有否定。這表示他也抱持著相同的疑問。

龍崎問：「當時的通話有錄音吧？」

「是的。當時設定了同步錄音。」

「錄音檔應該還在吧？」

「應該在。」

「失陪一下。」

龍崎拿出手機打給伊丹。

「我是伊丹。」
「不好意思又打給你。」
「怎麼了？」
「我要追加檢驗項目。歹徒接過一次SIT打去的電話。」
「我在無線電裡聽到了。」
「請你那邊分析一下錄音檔的聲音。」
「分析那個要做什麼？」
「我想確定當時接電話的人是誰。」
「要怎麼確定？歹徒已經死了。」
「跟活人比對就行了。也就是本來是人質的人。但最好不要讓他知道比對聲紋的事。」
「要怎麼做？」
「打電話過去，把聲音錄下來，然後進行比對。」
「不能未經本人同意就這樣做。無論如何都要比對的話，需要令狀。」

「那就去申請。」

「喂，真的有必要做到這種地步嗎？萬一大肆調查，搞到最後什麼都沒有，可不是這樣就算了的。」

「你也明白有查證的必要吧？」

手機傳來輕微的咂舌聲。

「好吧。但申請令狀可能需要一點時間。」

「你盡快。」

龍崎掛斷電話。

戶高問龍崎：「署長打給誰？」

「想知道嗎？」

戶高想了一下說：「不，感覺還是不要知道比較好。」

「還有件事我想確定一下。」龍崎對下平說。「是《東日》的獨家。從時機來看，很有可能有人在現場把消息洩漏給記者。我想查出洩密的途徑。一開始我懷疑戶高，因為有調查員目擊他在現場和《東日》記者說話。但他的嫌疑大致上洗清了。」

「大致上而已唷？」戶高語帶挖苦說。

龍崎不理會，繼續說：「在現場，等於是SIT與SAT互爭主導權，而最後是SAT進行突擊。」

「我明白署長的意思。由於消息走漏，造成SAT受到抨擊。您認為有可能是我們SIT的人洩漏了消息。」

「這完全是可能性的問題。我只是想要確定。」

「SIT絕對不可能洩漏情報。我們都極力避免和記者接觸。」

龍崎判斷他這話是真的。從下平的發言和態度，他非常清楚SIT平日接受什麼樣的訓練、以什麼樣的態度投入任務。SIT因為有必要採取機密行動，所以總是和記者保持距離。

龍崎點點頭。

「我明白了。抱歉在假日把你找來。」

「我可以說句話嗎？」

「什麼？」

「署長把現場交給我們指揮。」

「你們是受過專門訓練的專家。把問題交給專家處理，是天經地義的事。」

「感謝署長信賴我們。只要有署長這樣的長官在，日本的警察或許有就希望改變。」

下平依規定行禮離開。戶高說：「怎麼說，真是個一板一眼的傢伙哪。」

龍崎說：「你最好效法一下。」

20

傍晚六點，SAT的石渡結束訓練後來到大森署。脫下制服的石渡看起來年輕許多。他今天穿白色馬球衫配牛仔褲，胸膛厚實，手臂粗壯得嚇人。

龍崎原本打算去品川分駐所找他，但對方說要過來。

「你才剛訓練完，卻要你跑一趟，不好意思。」

和下平那時候一樣，龍崎請他在署長室內的會議桌旁坐下，立刻切入正題：「前些日子的人質事件，我們調查員有一些疑點想要請教，可以請你回答嗎？」

「只要不牴觸隊上的機密……」

石渡的大平頭配上炯炯大眼，加深了他精悍的印象。

龍崎催促戶高說明。戶高開口：「你們突擊的時候，室內發生了什麼事，我們完全不清楚。我想知道那時候的狀況……」

石渡看向龍崎。那表情像是在問為何提出這種問題。龍崎說：

「其實，歹徒和人質的關係出現了一些疑問。」

「疑問……？」

「我們懷疑他們可能認識。」

「根據是什麼？」

龍崎又得再說明一次戶高提出的三個疑點，以及彈殼的位置。

聽完說明後，石渡當場回答：「我懂了。關於當時屋內的狀況，具體來說，兩位想要知道什麼？」

龍崎決定讓戶高提問。戶高說：「從突擊到確定瀨島死亡，中間發生的一切。」

石渡完全是對著龍崎說明：「我下令突擊後，兩支分隊共十名隊員突擊屋內。領頭的分隊長對天花板進行警告射擊，接下來各分隊隊員共開了五槍，來掩護前進的隊員。接著領頭的分隊長目視有人倒地，身旁掉落手槍，便命令停止射擊。分隊長及一名隊員走近倒地的人物，確定那就是目標。接下來便確保人質安全，以無線電通知現場已經壓制。」

就報告內容聽來，似乎沒什麼問題。每個聽到報告的人應該都這麼認為，所以才沒有人對此大作文章。

戶高說：「你說目視有人倒地，身旁掉落手槍。」

石渡看戶高點頭。

「對。」

「手槍不是握在遺體手中？」

「掉落在右手附近。」

龍崎也明白戶高想說什麼。他問石渡：「在槍擊戰中遭到射殺的人，會掉落手槍嗎？」

石渡露出訝異的表情。

「我印象中沒有這樣的統計資料。」

龍崎問戶高：「怎麼樣？」

「我也不知道槍擊戰怎麼樣，但握著某些東西死掉的人，大部分都會繼續握在手裡。不過也有掉落的例子，所以不能一概而論……只是這個情況，問題在於遺體並未握著手槍吧？」

龍崎問石渡：「最後我們認定是SAT擊斃歹徒，但有人確實目擊隊員擊中歹徒嗎？」

「我們隊員沒有人看到。若是有人看到，會是人質。」

「有問過人質嗎……？」

戶高回答：「當然有啦，人質的證詞就是關鍵啊。也就是說，是人質源田清一聲稱歹徒是警方擊斃的。」

「現在這番證詞變得可疑了。」

「瀨島也有可能是在第四道槍聲的時候遇害的呢。」戶高說。

龍崎忽然發現石渡露出奇妙的表情。是慌張的神情。龍崎問：「怎麼了？你想到什麼嗎？」

「我一直深信是我們隊員擊斃了歹徒，完全沒有考慮到其他的可能性。」

「當時我們認為歹徒的手槍裡有子彈，是在那樣的前提下發動突擊的。就算累積再多訓練，遇上實戰，還是無法完全保持冷靜吧。」

「壓制現場的時候，我們處於興奮狀態，緊接著就得知歹徒的手槍是空的。當時我遭受到頗大的衝擊。」

龍崎唐突地發現石渡想要說什麼。

「這件事你告訴現場的誰了嗎？」

「那個時候我認為應該這麼做。我想要公開這一切，讓世人對我們的成果做出正當的評價。」

「換句話說，你感到良心不安？」

石渡想了一下回答：「我不知道，但也許是。」

龍崎做了個深呼吸。

「你告訴誰了？」

「《東日》的記者。」

「現場的《東日》記者叫堀木，但我已經查出那篇報導不是堀木寫的。」

石渡搖搖頭。

「不是叫堀木的記者。那天現場還有其他記者，是社會部的遊擊軍，我跟那名記者認識很久。」

一陣沉默。

戶高對龍崎說：「這下子不是大致上，我的嫌疑徹底洗清了呢。」

石渡對龍崎說：「當時我完全沒料到這件事會演變成這樣的軒然大波。

我們受到的訓練是，看到持槍歹徒就要射擊。德國的特種部隊徹底這樣指導，不論對方的手槍有沒有子彈都一樣。」

「這是世界各地特種部隊的常識，但日本的民情還無法接受。」

「這部分該如何妥協，讓我們SAT吃了很多苦。」

「我明白。這都是因為警方高層和政府不肯定下明確的方針。指導者無能，現場的人就會曝露在危險當中。但你們要對抗的對象是恐怖分子，在資訊處理上應該更細膩一點。」

石渡正襟危坐。

「我會銘記在心。」

「很好。我說完了。」

石渡俐落地行禮。沒有多餘的辯解，十足特種部隊作風。對於擊斃歹徒這個事實，他希望得到社會公評的說法，也不是不能理解。

戶高開口：「接下來要怎麼辦？」

「我很好奇原本是人質的那兩人的行動。」

「可能有必要派人監視。」

「全力調查源田夫妻和瀨島的關係。如果需要，請求本廳的協助。」

戶高露出他特有的嘲諷笑容：

「這點調查，轄區還做得來。」

「叫刑事課長和強行犯係長過來吧。」

龍崎拿起電話。

龍崎也聯絡了貝沼副署長，貝沼立刻趕來了。在假日被找來的刑事課長和強行犯係成員都毫無幹勁的樣子。

但聽到龍崎的說明，眾人漸漸專注起來，說明結束時，個個都蓄勢待發。

「本廳應該很快就會送來彈道鑑定和聲紋比對的結果，但我們不能只是坐等結果。」

聽到龍崎的話，關本刑事課長說：「我明白，我會立刻著手安排。先派人監視『磯菊』老闆源田和妻子，然後徹查源田夫妻和目前仍是嫌犯的瀨島睦利之間的關係，對吧？強行犯係人手不夠，我會召集其他單位的人員，可以嗎？」

「就交給你。」

「因消費者貸款公司搶案而被拘留在本廳的兩名嫌犯或許知道什麼。」

聽到刑事課長的話，龍崎點點頭。

「我會安排重新偵訊。」

「那我立刻著手。」

「一有進度，立刻報告上來。」

「直接報告署長嗎？」

貝沼副署長搶先龍崎說：「沒錯，向署長報告。我也會在署長室辦公。」

這話令龍崎有些意外。因為他一直懷疑自己過度積極的行動令貝沼感到不快。

課長和強行犯係人員離開署長室後，貝沼說：「就像前些日子那樣，派無線電人員在這裡吧。」

「這樣的做法可以吧？」

「咦……？」
「我本來在想，你是不是對資訊集中到署長室感到不滿。」
「我怎麼可能不滿？只是……」
「只是什麼？」
「每次換署長，作法風格都不同，我們也必須重新適應。只是需要一點時間。」
「你認為我的做法是錯的嗎？」
「不，我認為署長是對的，所以案情才能有這樣的新突破。」
「這是真心話？」
「是肺腑之言。」
「你有沒有什麼想說的？」
貝沼副署長注視著龍崎，就像在推測他的想法。
「那麼我有句話……」
「說吧。」

「署長似乎對於將整個轄區警署視為共同體感到排斥，但這是毫無疑義的事實。光是命令，人員不會行動。我們必須在日常生活中相處，建立起彼此信賴的關係。」

龍崎點點頭。

「你的意見值得深思。我會好好想想。」

「請相信轄區這個組織。現場有句很方便的話。」

「什麼？」

「『採取必要行動』。這樣一句話，就可以讓現場的人各自全力以赴。」

「好，我會記住。」

「那麼，我來安排無線電和電腦人員。」

「拜託了。」龍崎說。「採取必要行動。」

貝沼副署長隱約微笑。

「了解。」

龍崎覺得第一次看到貝沼的笑容。

隨著時間過去，刑事課和署長室的人愈來愈多。各種情報開始送到署長室，負責將情報輸入電腦、發送給相關單位的人員大展身手。

無線電人員每次接到聯絡，便將字條送至中央會議桌。聯絡人員透過電話送出必要的指示，有時則為了傳令而跑出署長室。

就像刑事課長說的，刑事課不只是強行犯係，似乎還動員了其他單位的調查員。

「雖然這難說證明了源田和瀨島直接的關係……」晚上九點多，關本刑事課長前來報告說。「源田似乎去過發生搶案的高輪消費者貸款公司好幾次。」

「他去那裡借錢？」

「好像是去要求融資，但似乎遭到拒絕。他以前在好幾家錢莊借錢，後來倒債。」

「被列入黑名單了？」

「看來是。」

「源田有可能對遇搶的貸款公司懷恨在心。同時，他也知道店內的情況……」

「此外，我們還得到源田和黑幫成員有往來的情報。」

「本廳應該正在清查瀨島的手槍來源。」

「這一點已經向本廳確定過了。手槍的出處，應該是源田認識的黑幫成員隸屬的幫派不會錯。」

龍崎和貝沼面面相覷。貝沼應該也有了相同的推測。

「這表示弄來手槍的可能是源田，而不是瀨島？」

關本刑事課長回答：「這個可能性很大。」

「源田和消費者貸款公司及槍枝有關。換句話說，這一切有可能都是源田策畫的？」

「需要證據，但從狀況來看，幾乎錯不了。」

貝沼對關本說：「立刻進行查證。千萬慎重。不能在這節骨眼搞砸了。」

「我明白。」

關本回去刑事課了。

案件的構圖逐漸浮現出全貌。圖像完全異於眾人先前所以為的。

「當初以為是人質的源田，有可能是消費者貸款公司搶案的幕後黑手。」

貝沼說。

龍崎點點頭。

「這麼一來，人質事件也有了截然不同的詮釋。」

「源田根本不是人質……」

「沒錯。那麼戶高提出的三個疑點就解釋得通了。首先第一點的爭吵，和第二點瀨島為何選擇『磯菊』，是因為瀨島遭到警方追捕，遂而投靠幕後黑手源田。源田對此大發怒火。他只打算擬定計畫並安排，接下來全讓瀨島去執行吧。第三點的煮飯也可以解釋，因為源田可以自由行動。」

「原來如此……但沒有明確的證據，檢方可能不會接受這樣的大翻盤。」

「若不接受，檢方就要丟臉了。」

貝沼有些驚訝地看龍崎。

「怎麼了？我說錯什麼了嗎？」

「不，只是覺得名不虛傳……」

「說我是怪人的傳聞嗎？」

「不是的。大家都說有個直言不諱、難得一見的菁英幹部。」

「就算是菁英，也不一定全是不知變通的官僚。」

「抱歉，我多嘴了。」

龍崎的手機響了。是女兒美紀打來的。

「剛好，我正想打給你。今天晚上我可能不能回家。」

「好，那明天呢？」

「還不確定。」

「呃，今天我去過醫院，結果主治醫生說想跟爸談談……」

美紀的聲音很不安。龍崎胸口深處一陣刺痛，心跳微微加速了。

「檢查結果出來了嗎？」

「可能。醫生沒有告訴我詳情。」

「醫生是什麼態度？」

「什麼態度……？」

「感覺很嚴重嗎？」

「也不是，可是他說想跟爸談，我有點擔心……」

「好，我會盡快去醫院。」

「好，再見……」

電話掛斷了。

美紀應該希望聽到父親說「不必擔心」。但這種情況不能隨便打包票。龍崎自己也很擔心。醫生要求見家屬，這種情況要說的內容猜也猜得到，龍崎也忍不住做了最糟糕的想像。

不，必須聽到醫生證實才知道。胡思亂想陷入絕望，是蠢人的行徑。龍崎想要這麼說服自己。總之要盡快把案子做個了結，趕到醫院去。

龍崎發現貝沼在看他。貝沼什麼也沒說。也許是在害怕又被龍崎說是私事，拒絕對話。

龍崎想起貝沼說警署是共同體，便主動開口：「我女兒打來的，說內人的主治醫想要跟我談談。」

「署長一定很擔心。」貝沼說。「今明兩天本來是休假，明天去醫院一趟如何？」

「不，我很感激你這麼說，但今明兩天也是這起案子的關鍵時刻。這邊解決了再過去。」

「可以嗎？」

「雖然擔心，但也沒辦法。」

貝沼點點頭。

龍崎本來一直以為貝沼是個令人摸不透的傢伙，但現在總算理解，其實他只是克己內斂，徹底扮演輔佐的角色。以這樣的眼光去看，貝沼其實是個很可靠的人。

他原先認定自己是個遭到降調而來的菁英署長，不會有署員信任他，但不信任對方的其實是自己。他覺得往後應該更相信署員才對。

妻子的病情當然令他掛心。但龍崎不是醫生，即使憂慮也無法治好妻子的病。現在龍崎能做的就是專心在辦案上。他努力整理好自己的思緒。

21

進入深夜，刑事課和署長室的人員依舊忙得團團轉。刑事課應該公布了調查員在外頭得到的情報，並進行查證工作。

署長室也能收到署活台的無線電，也有刑事課打來的內線電話，字條愈積愈多。

貝沼井井有條地整理漫天飛舞的訊息。龍崎重新認識到，除了第一種考試出身的官員以外，也有像貝沼這樣的優秀人才。

不，不只是貝沼。讓這次的案子有機會重新被檢視的，就是看起來完全是個乖僻鬼的戶高。

「這個似乎很重要……」

看著字條輸入電腦的人員說。

龍崎轉頭看過去問：「什麼？」

「瀨島睦利的職歷。他換過幾個工作，但以前在金融業當過職員。源田清一曾經向錢莊借錢，卻倒債跑了對吧？」

「就是這個。」貝沼立刻拿起話筒撥打內線。「轉達刑事課長，要他立刻追查這條線。管它是三更半夜還是怎樣，都要把相關人員叫起來問話。」

實際上刑警是不管時間的。他們真的會這麼做。貝沼對關本刑事課長下達必要的指示後，放下話筒。

「連上了。」

那通電話約兩小時後，關本刑事課長進入署長室說。

「瀨島和源田確實有關係。查到了。瀨島在金融公司上班時，源田向那家公司借錢，而負責人就是瀨島。」

「相關人士的證詞有證據能力嗎？」貝沼確認。

「放心，我們很小心。」關本刑事課長趁勢接著說：「這下就證明瀨島和源田認識了。還有手槍的取得途徑。源田去過瀨島等人行搶的消費者貸款公司好幾次，這一點也已經查證過了。只要有這些，應該就可以用自願配合的形式把源田抓來警署了吧？」

換句話說，就是要問出口供。時至今日，日本的司法制度仍有將自白視為關鍵證據的風潮，認為只要問出自白，接下來總有辦法定罪，這樣的偵辦方式橫行於警界。

「不。」龍崎說。「一般案子這樣或許可行，但我們是要把已經送交檢方的案子翻盤。我想慎重行事。需要可以徹底說服檢方的證據。」

貝沼對關本課長說：「我也這麼認為。不容許失敗。」

龍崎說：「等本廳鑑識的詳細報告吧。」

關本課長點點頭。

「好的，我會更進一步鞏固證據。」

貝沼說：「拜託了。」

關本刑事課長離開署長室後，龍崎對貝沼說：「或許有必要報告刑事部長。也順便確定一下本廳是不是認真當一回事在行動。」

「現在這個時間嗎？」

已經凌晨兩點半了。

「警察和時間無關。刑事部長也是一樣。」

龍崎不管那麼多，打了手機。

他以為伊丹若是在睡夢中被吵醒，一定會很不開心，但意外的是伊丹立刻接了電話，聲音也很清醒。

「你醒著？」

「我在警視廳。」

「真驚訝……」

「因為鑑識的報告令人意外。一開始我對你說的話半信半疑，但刮痕有了意外的結果。」

「是從瀨島的遺體取出的子彈刮痕嗎？」

「沒錯。和瀨島持有的手槍擊發的子彈刮痕吻合。換句話說，瀨島是被自己的手槍擊斃的。我趕到警視廳，硬是要求鑑識和科學搜查研究所立刻進行鑑定。現在正在檢驗子彈射出的方向和角度。你們那邊呢？」

「這邊查到瀨島睦利和源田清一本來就認識。源田夫婦不是人質的可能性增加了。現在正在全力鞏固證據。」

「一拿到令狀，我會打電話到源田那裡，錄下他的聲音，和回應SIT電話的聲音做比對。」

「好。」

「你們那邊現在是什麼體制？」

「不只是強行犯係，也動員了其他單位的調查員。情報都集中到署長室。」

「好。我也派幾名調查員過去。」

「喂，要成立搜查本部？一星期搞兩次大本營，大森署的預算都要被吃光了。」

「放心，只是加入你們現在的體制而已。再說，不會拖得太久。」

「刑事部長登場，轄區會緊張的。」
「叫他們別客氣。」
這傢伙說出口的話是勸不回的。
「好。你多久會到？」
「三十分鐘後到。掰。」
電話掛斷了。
伊丹幹勁十足。一方面是為了案情真相逐漸揭曉而亢奮，但真正的理由應該是別的。
只要查明擊斃瀨島的不是SAT，媒體就會停止攻擊。只要媒體閉嘴，小田切首席監察官也會停止追殺。
伊丹就像他說的，約半個小時後，便率領整整一班約十五名調查員登場。這比目前參與偵辦的大森署調查員加上聯絡人員的總數還要多。
一看就知道他想要掌握主導權。不，也許本人不太有這樣的意識。但這傢伙就是會毫無意識地做出這種事來。

「告訴我詳情。」

伊丹對龍崎說。

不怎麼大的署長室塞進大批本廳調查員，顯得侷促極了。

龍崎要能坐的人都在會議桌旁坐下。這樣應該好一點。

關本刑事課長一臉緊張地報告截至目前查到的事證。龍崎在一旁聆聽，等著補充，但關本整理得很好，沒有這個必要。

聽完說明後，伊丹說：「我知道了。我們這邊報告一下目前得到的鑑識和科搜研報告。」

本廳係長開始說明。是伊丹在電話中提到的刮痕報告。

「此外，現在我們又掌握到一項新事證，也就是瀨島的遺體和衣物經過檢驗後，並沒有硝煙反應。」

關本課長說：「遺體還沒有交還給家屬嗎？」

「為了解剖取出子彈，送到大學醫院，還在那裡的太平間。」

沒有硝煙反應，意味著瀨島並未開槍。

先前每個人都以為對外開槍的是瀨島，現在連這一點都被否定了。換句話說，四槍都是源田夫婦之一開的。

關本課長說：「只要有這些事證，法院應該會同意開出對源田的逮捕令和房屋搜索令吧？」

龍崎回答：「我希望做到萬全。刮痕的事，有可能被質疑是瀨島自殺。硝煙反應做為根據也還有些薄弱。硝煙反應一般出現在袖口和持槍的手，但瀨島當時穿的是短袖，現在天氣炎熱，若說是流汗沖掉殘留證跡，也難以反駁。」

關本課長說：「消費者貸款公司搶案中落網的兩名嫌犯可能知道什麼。」

本廳係長搖搖頭。

「這一點也已經確認過了。那兩個是瀨島找來的，只跟瀨島討論過搶劫計畫。他們和源田無關。」

伊丹說：「總之繼續調查。分頭尋找證實源田和瀨島關係的證據。」

龍崎不打算讓大森署的調查員幫本廳帶路。

「本廳的調查員去調查源田以前來往的暴力幫派，確定槍枝來源。我想要可以證明弄到手槍的不是瀨島，而是源田的證據或證詞。還有，查一下瀨島在金融業上班時的事。還要有證明瀨島和源田認識的明確證據。」

伊丹點點頭。

「好。我也留在這裡。」

「刑事部長要留在轄區？這裡又不是搜查本部。」

「這裡實質上等於搜查本部。」

確實，有刑事部長在場，辦起事來方便許多。既然伊丹說想留在這裡，沒道理拒絕。

伊丹對本廳的調查員宣布：「立刻動手調查，一口氣解決！」

看見那模樣，龍崎有些嫉妒。

伊丹果然帥氣瀟灑，指揮起來架勢十足。

到了這階段，已經不需要龍崎一一下指示了。但他不想離開崗位。情報匯聚，拼圖的碎片一片片拼湊起來。他想親眼見證案件全貌逐漸變得清晰。

龍崎坐鎮署長席，伊丹坐在會議桌最裡面，離龍崎很遠。他似乎把那裡當成了自己的指定席。

龍崎指示調查員流輪小憩，但似乎沒有調查員願意休息。他們就像已經包圍獵物的獵犬，感受到獵物的氣味愈來愈近了。

不久後天亮了，調查員真正是不眠不休地投入工作。

天亮以後，世界也開始活動起來。晚上沒辦法查到的資訊也逐步送進來。主要是訪查情報。

由於歹徒死亡，一度認為無望查出的槍枝來源明朗了。是在星期日下午查出的。本廳調查員在組織犯罪對策部的協助下，查到了一名和源田有來往的黑道成員。把他抓來一問，他兩三下就招出是他賣槍給源田的。

接到這項消息，署長室爆出歡呼。

「接下來就等鑑識和科搜研的報告了。」龍崎對伊丹說。

伊丹立刻打電話。放下話筒後他說：「他們打電話給源田，錄到聲音了。

會立刻著手比對聲紋。至於子彈的方向和角度，他們說只憑照片，無法做出正確的鑑定。」

「等抓到源田後，再進行現場勘驗就行了。」

「有好消息和壞消息。」

「先說好消息吧。」

「鑑識分析了SIT用光纖窺視鏡頭取得的畫面。是源田在做飯時的畫面，源田的妻子和瀨島在一起。一開始我們認為是瀨島持槍威脅源田的妻子，但這時候瀨島的手上沒有槍。」

「確定嗎？」

「鑑識說擴大畫面並進行清晰處理後，總算看出來了。」

「確實是個好消息。壞消息呢？」

「比對聲紋需要時間，最快也要明天以後。還有，為了取得源田的聲音，警方打電話給他，但這個行動有可能引起源田的懷疑。」

龍崎對貝沼說：「最好加派人手監視源田。」

「我來安排。」

貝沼立刻打內線指示刑事課。指示十分簡潔。

接下來好一段時間，都沒有接到任何有力的情報。無線電和電話幾乎都只是定時聯絡。進入偵辦停滯期了。偵查來到收尾階段，即使調查員勤奮奔走，仍一定會遇上這樣的時間帶。

睡眠不足和疲勞，讓龍崎也有些快撐不住了。自從星期六早上進到署裡，他已經連續工作了三十個小時以上。這樣下去會影響判斷力。

接下來交給部下，去小睡一下嗎？

就在他這麼想的時候，無線電傳出調查員的聲音。

「對象行動了。重複一遍，對象行動了。一號對象外出了。」

一號對象是源田清一。

睡意一口氣煙消霧散。

「怎麼辦？」聯絡人員問。

貝沼立刻對龍崎說：「逼不得已，我認為必須拘捕。」

這個建議來得正好。龍崎說：「上前盤問。有必要就拘捕。」

無線電人員轉達。龍崎又說：「留意二號對象。若有任何行動，一樣拘捕。」

然後他看著伊丹。

「這樣可以吧？」

伊丹點點頭。

「交給你決定。」

「到時候可別推卸責任。」

「我不是那個意思。」

無線電傳來調查員彼此之間的聯絡，那聲音突然變得緊迫起來。

「一號對象逃亡，我們追上去。」

署長室所有的人都停了下來。龍崎也豎起耳朵聆聽。調查員之間激動的聯絡聲從擴音器傳來。

「抓到一號對象，重複，抓到一號對象。已緊急逮捕。」

署長室響起鬆了一口氣的聲音。

立刻有聲音用無線電做出指示。

「二號對象有逃亡之虞，同樣拘捕起來。」

是關本課長的聲音。用的是刑事課的無線電。雖然想要慎重行事，但演變成這種情況，也不得不將兩人拘捕起來。

「把目前手上的資料整理起來。」伊丹說。「他們兩個的逮捕令我來處理。」

「逮捕令會下來嗎？」

「憑書面不夠的話，我會口頭說服法官。會順便拿到房屋的搜索令。」

「交給你了。」

不一會兒，門口吵鬧起來。是源田夫妻被帶到署裡了。

貝沼說：「如果他們肯自白，一切都解決了……」

龍崎說：「等到明天，證據就齊全了。只要亮出證據，他們想抵賴也沒用。」

因為拘留了源田夫妻，偵辦告一段落。雖然還不能妄下判斷，但確實已經過了關卡。頓時，龍崎一陣疲憊不堪。

「我去小睡一下。」龍崎對貝沼說。「一有事就叫醒我。」

「回去自家休息比較好吧？」

「不，在逮捕令和搜索令下來以前，無法安心。」

「好的。」

龍崎對伊丹說：「你也休息一下吧？」

伊丹說：「我很好。我跟你不一樣，平日都在鍛鍊身體的。」

這傢伙果然討人厭。

龍崎只打算小睡一下，卻一路沉睡到黎明時分。

他到洗手間洗了把臉，回到署長室，看見伊丹同樣坐在椅子上打瞌睡。

也沒他嘴上說的那麼厲害。

看來署長不在的時候，貝沼和課長也輪流休息了。叫他們別顧忌也是白費工夫。

天亮以後，貝沼到署長室來了。眼睛布滿血絲，但氣色比昨晚好多了。

「偵訊得怎麼樣了？」

「到了半夜，偵訊暫時中斷。他們兩個都不肯招認，只是不停地抗議他們是人質，為什麼要遭到這樣的對待。」

「什麼時候繼續？」

「差不多該開始了。」

「逮捕令和搜索令呢？」

「準備說明資料花了點時間……剛才本廳的人去法院了。」

很快地，一如往常的星期一早晨來臨了。齋藤警務課長來到署長室一看，瞪圓了眼睛。

「出了什麼事？」

龍崎回答：「人質事件大翻盤。」

齋藤警務課長環顧辦公室，發現還坐在椅子上睡覺的伊丹，表情更加驚訝了。

「刑事部長……」

「讓他睡吧。他累壞了。」

「核批文件怎麼辦？」

「拿過來。反正總得處理。」

一如往常，堆積如山的文件送來了。龍崎開始機械性地蓋印章。

伊丹醒來，看見桌上數量驚人的卷宗說：「這是什麼？」

「署長最重要的工作。這些全部都要蓋印章才行。光搞這個，就可以耗掉一整天。」

「我也當過署長，但當時文件沒這麼多啊……？」

「據說每次法律修定，文件就會增加。官員和政治家根本沒有考慮過基層。」

伊丹只是目瞪口呆地搖搖頭。

這時本廳的調查員衝了進來。

「逮捕令和搜索令下來了。罪名是教唆強盜、非法持有及使用槍械、非法拘禁。」

龍崎說：「立刻去偵訊室執行令狀。」

取得令狀的調查員詢問附近的聯絡人員偵訊室的位置，和來時一樣衝出去了。

「好了，這下子沒有後路了。」伊丹說。

這話令龍崎生氣。

「你還想回頭？」

「口誤啦。必須立下覺悟，把嫌犯送交檢方……我也得在記者會上說明之前公布的內容是錯的。報社和電視台一定會噓聲連連。」

「讓他們去噓啊。就是他們愛爭頭條，才會把事情搞得更混亂。」

「你對媒體總是這麼嚴厲。」

「我在長官官房當總務課長的時候負責媒體公關，很清楚他們是怎樣的一夥人，如此罷了。」

龍崎就像平常一樣，邊蓋章邊說話。忽然間，他發現貝沼正用提心吊膽的表情看著他。

「怎麼了？」

「不，我想能一邊蓋章一邊跟刑事部長說話的警察署長，大概也只有我們署長了。」

伊丹說：「他是例外。我跟他從小認識，我也欠他不少恩情。」

辦公室外頭忽然吵鬧起來。抬頭一看，齋藤警務課長一臉蒼白地走了進來。

「怎麼了？」

「是野間崎管理官。」

又來了。到底是來做什麼的？

「讓他進來。」

野間崎不等齋藤警務課長帶路，便逕自走進署長室。他瞪著龍崎，劈頭就說：「這到底是在做什麼？」

用的是敬語，語氣卻是詰問。

「什麼意思？」

「我聽說你把先前的人質抓來，還申請了逮捕令！」

「沒錯。」

「案子都已經移送檢方了，卻重翻舊帳，到底是想做什麼？請你不要沒事找事！」

「這不是沒事找事，全都是必要的處置。」

「我不認為。你這麼做，八成是為了混亂監察行動，但這只是白費工夫。」

這傢伙似乎只能用這種觀點看事情。

「我們陸續找到充分的證據，證明殺害原以為是人質事件嫌犯的瀨島睦利的，是原以為是人質的源田夫妻之一。」

「現在才在說這什麼話？案子都已經結束了。」

「我們只是在查明真相。」

「立刻停止這無謂的調查。」

「你沒有權限說這種話。」

「我有權限，這是方面本部的指導。」

「我不打算罷手。你又要去向首席監察官打小報告嗎？」

「我不懂你在說什麼。」

「你應該向小田切首席監察官提出意見書，追究我的責任。沒有人要求，但你主動提出，對吧？」

「真的嗎？」伊丹開口。「這話我可不能置若罔聞。」

野間崎管理官望向伊丹，這才發現他也在場。野間崎的表情變化實在精采：怒意瞬間消失，接著轉為訝異，然後是滿臉驚愕。

野間崎立刻立正站好。

「刑事部長……」

伊丹慢慢地從椅背直起身來。

「大森署基於正當的理由重啟偵辦，你沒有權限阻止。」

「部長怎麼會在這裡……」

「這是重大案件，我在這裡有什麼好奇怪的？難不成你也要叫我停止調查嗎？」

「不，屬下不敢。」

「那請回吧。」

野間崎的臉整個漲紅了。不是因為憤怒，而是發現了自己的過失。恥辱和後悔，一定讓他想鑽個地洞躲起來。

伊丹又說：「沒有人要求，你卻向小田切首席監察官提出意見書嗎？」

「不，這……」

「有還是沒有？難道是龍崎署長睜眼說瞎話？」

野間崎似乎絞盡了腦汁，設法要矇混過關。但最後他死了心似地說：「我詢問龍崎署長後，將他的回答內容整理成書面呈報上去。但這是為了盡到方面本部的監督責任……」

伊丹打斷野間崎說：「你等於是提著我們的腦袋去送給首席監察官。」

「屬下決沒有這個意思。」

「算了。這次案子的真相明朗的話，媒體也不會再繼續追打。這場偵辦，也等於是賭上警方的尊嚴，你不要礙事。我們忙得很，你還有什麼話要說嗎？」

「不，沒有。」

伊丹撇開臉去，露骨地擺出「我對你沒興趣了」的態度。

野間崎管理官茫然若失，但很快地向伊丹行了個禮，匆匆離開署長室。

「那傢伙搞什麼……？」伊丹說。

龍崎回答：「讓小人物擁有地位和權力，就會變成那樣。」

「真傷腦筋。」

龍崎若無其事地繼續蓋印章。

上午鑑識和科搜研的報告送來了。

根據彈道鑑定查出的刮痕、透過畫面分析查出瀨島並未持有手槍，以及硝煙反應這三點，都明確地整理成書面報告。

聲紋比對的結果也出來了。接聽SIT打的電話，怒吼「不要再打來了」的聲音，毫無疑問是源田清一的。

此外還查出了新的事證。源田被拘留時持有的皮包裡找到衣物，經過驗檢，上面驗出了硝煙反應。

源田應該是察覺到危險，打算處理掉開槍時穿的衣物。

這消息立刻傳達給正在進行訊問的調查員。只要亮出這些事證，源田應該再也無法抵賴了。

不出所料，當天源田清一就認罪了。

星期一下午五點十分，署長室接到源田認罪自白的通知。

開槍的果然是源田清一。從窗戶朝外開了三槍的是源田，射殺瀨島睦利的也是源田。

瀨島找上「磯菊」，令源田忍不住破口大罵，於是兩人發生爭吵。源田供稱，他就是在時候想到可以布置成一場挾持人質案。

他從瀨島那裡拿回手槍，偽裝成好似自己夫妻成為瀨島的人質。他誆騙瀨島，說一定會設法讓他逃亡。

「磯菊」傳出槍聲後的屋內狀況，與龍崎等人的推理完全吻合。更進一步追問後，源田也承認了自己和高輪消費者貸款公司的搶案有關。但令人驚訝的是，提出搶案計畫的並不是源田清一，而是妻子芳美。芳美並非單純地聽從丈夫，而是積極參與案件。事實指出，源田夫妻的共犯關係，比他們所想像的更來得緊密。

接下來調查員分頭製作移送檢方的文件。或許今晚又有調查員要熬上一整夜了。

「這下就破案了。」伊丹說。「我回去警視廳，召開臨時記者會。」

龍崎說：「我留到移送檢方。反正還有一大堆文件得蓋印章。」

「先掰了。」

伊丹離開署長室。龍崎以外的署員都以最敬禮送行。

接著約莫三十分鐘，《東日新聞》的福本社會部長打電話來了：

「我的天，那起案子居然還有內幕？警方該不會是為了陷害媒體，才在第一場記者會胡謅吧？」

「不是的。」

「不是你們隱瞞真相，好讓追打ＳＡＴ的我們顏面掃地？」

「很遺憾，我們沒那麼閒。是拚命偵辦，才追查出與第一場記者會內容不同的真相。」

「這次不會錯了吧？」

「不會錯。」

「把警方批得一文不值的我們，這下子丟臉丟大了。」

「希望媒體不要只會爭頭條，而是多考慮一下自己對社會的影響力。」

「實在慚愧。明天早報的報導，我會慎重處理。」

「不只是明天，希望每一天的報導都慎重處理。」

「真是……我打電話是想跟你埋怨幾句的，怎麼説著説著，反而變成我挨訓了？」

「你找錯對象埋怨了。」

「好啦好啦，掰。」

電話掛斷了。

22

星期二早上九點，小田切首席監察官又把龍崎找去了。龍崎立刻前往警察廳。

龍崎猜想小田切一定很不甘心。得有遭到遷怒的心理準備……他這麼想著，前往之前的小會議室。

桌上已經收拾得乾乾淨淨，沒有半份文件，電腦也關著。

小田切笑吟吟地迎接龍崎。

「不好意思三番兩次請你過來。」

這意外的應對令龍崎有些不知所措。

「不會……」

「請坐。」

龍崎在先前離小田切最遠的那個座位坐下。

「我聽說是你重新審視案子，查明真相的。幹得好。」

「第一個發現蹊蹺的是我們署的強行犯係調查員，他叫戶高。」

「能這樣收場，坦白說我鬆了一口氣。」

聽你胡扯，龍崎在內心說。事到如今再來裝好人也太遲了。

「我一開始就自信沒有犯錯。我相信不管是SIT、SAT或我們署員，現場所有的人都盡了最大的努力。因此即使瀨島是遭到SAT突擊擊斃，我仍然可以自信十足地斷言我的決定沒有錯。」

「我明白。」

「沒錯，你儘管明白，卻仍想要對我做出懲處。為了從媒體的炮火中保住警察組織，需要一個獻祭羔羊。你就是挑選了我做為那頭羊。」

小田切露出驚詫的表情。

「很意外你會這樣想。」

「是嗎？比起偵辦程序或現場判斷是否妥當，感覺你對於怎麼樣才能懲處我更感興趣。」

「這是誤會。確實，我對你窮追猛打，但這就是我的做法。如果你因此而屈服，我一定會懷疑你的信念。但你完全不肯屈從。」

「你想要根據第二方面本部管理官的意見書來追究我的責任。」

「意見書不能忽視。但我並非真心採信裡頭的意見。」

情況好像有點不太對。

感覺小田切並不是在辯解。龍崎開始覺得，也許這是小田切第一次透露真心話。

「我以為你從一開始就是抱持著要懲處誰的心態在進行監察。」

小田切露出別有深意的笑容。

「看來傳聞中的龍崎課長識人的眼光還不到家。不，現在你是署長。」

「傳聞中……？這是指什麼？」

「每個人都異口同聲，說別人也就罷了，唯獨你絕對不可能舞弊或有所隱瞞。所以我也忍不住想要挑戰一下……」

龍崎茫然張口。

換句話說，小田切是故意對龍崎採取那種挑釁的態度？

小田切向龍崎行禮。

「我請你過來，是想為先前的冒犯道聲歉。原本應該由我親自前往署裡一趟，但我實在不好離開自己的位置……」

「啊……」龍崎慌了。「不，哪裡。我才是，太口無遮攔了。」

「請容我再說一次，你幹得太漂亮了。」

龍崎行禮。

「不敢當。」

龍崎想，做到首席監察官的人果然不一樣。他不得不承認小田切比他高明多了。有點不甘心。

去警察廳是公務，所以是坐署長座車。龍崎猶豫了一下，決定下車，要屬下把車子開回署裡。

他決定去警察醫院看一下。這是私事，不能坐公務車。他搭乘地下鐵來到飯田橋後，心跳突然加速了。

他害怕聽到妻子的檢查結果。主治醫師說要和龍崎談談，他忍不住懷疑這是否意味著檢查結果堪慮？

但龍崎告訴自己，愈是不好的結果，就應該愈早知道，然後思考應變之道。若是及早治療，或許可以避免最糟糕的結果。

他在櫃台告知來意，櫃台人員要他前往診間。診間有好幾個，龍崎前往櫃台告知的號碼。

一名中年醫師正在辦公桌前寫東西。龍崎入內後，他轉動椅子面對龍崎。

「龍崎先生是嗎？」

「是的。」

「我是宮本醫生，請坐。」

宮本醫生指著病患坐的椅子。龍崎依言坐下。

「我聽說醫生想找我談……」龍崎說。

宮本點點頭。

「是關於太太的檢查結果，你已經聽說了嗎？」

「還沒有。」

我怎麼可能聽說？不是你現在才要告訴我嗎？

「是胃潰瘍，最好暫時住院一段時間。」

「咦……」龍崎忍不住說。「胃潰瘍……？真的嗎？」

「嗯，是啊。」宮本露出奇怪的表情。「我一開始應該就是這麼說的……」

「小女說你要找我談，我一直懷疑是不是癌症……」

「啊……」宮本說。「抱歉，那是我措辭不當了。我的意思是，有些事情必須跟你談談。因為壓力是引發胃潰瘍的重大因素，在治療上必須請家人共同配合……」

龍崎覺得全身一下子虛軟了。

「原來是胃潰瘍啊……」

「不可以小看胃潰瘍。太太只差一點，胃就要破洞了。就像我剛才說的，壓力對胃潰瘍影響很大，因此必須請家人配合，減輕病患在家庭中的負擔。」

龍崎放心而虛脱地點點頭。

「好的，我會好好思考該怎麼做。」

前往病房一看，冴子正坐在床上。

「咦，你怎麼會這種時間過來……」

「我來找宮本主治醫生。他叫我不要小看胃潰瘍。」

「我已經好了啦。」

「他說只差一點胃就要破洞了。你就暫時住院，好好休養吧。醫生說壓力對身體不好。」

「待在這裡壓力更大。」

「別說這種話，好好接受治療。萬一你再病倒就糟了。」

「你才是，看起來好累。這次的案子，你一定又太操勞了吧？」

「我沒事。」

「我在電視新聞看到了。」

「監察官稱讚我幹得好。」

「這樣啊。」

「你怎麼沒叫我快點回去署裡？」

「今天就放你一馬。你可以在這裡坐一下沒關係。」

兩人獨處，教人莫名地靦腆。

「那我再坐一下好了……」

「請。」

「邦彥他……」

「什麼？」

「說想做動畫的工作。」

「嗯。」

「我看了邦彥借我的動畫DVD，有點吃驚……怎麼說，那真的很厲害。」

「嗯。」

「美紀要是能找到一份好工作就好了。」

「嗯。」

「天氣就要轉涼了……」

「嗯。」

娛樂系 025

果斷—隱蔽搜查2

作者 今野敏
譯者 王華懋
責任編輯 戴偉傑
美術設計 POULENC
書衣裡插畫 chocolate
內文排版 高嫻霖
出版顧問 陳蕙慧
發行人 林依俐
出版 青空文化有限公司
100台北市中正區忠孝西路一段50號
22樓之14
讀者服務信箱：service@sky-highpress.com
總經銷 大和書報圖書股份有限公司
電話 02-8990-2588
印刷 前進彩藝有限公司
出版日期 2017年4月 初版一刷
定價 280元
ISBN 978-986-93883-6-8

國家圖書館出版品預行編目(CIP)資料

果斷：隱蔽搜查 2 / 今野敏著；王華懋譯 . -- 初版 . -- 臺北市
: 青空文化 , 2017.4
384 面； 10.5 x 14.8 公分 . -- (娛樂系 ; 25)
譯自：果断：隠蔽捜査 2
ISBN 978-986-93883-6-8(平裝)
861.57 106003678